읽고 일하며 살아간다

읽고 일하며 살아간다

발행일	2024년 12월 31일

지은이   강혜진, 김나라, 김선호, 김효정, 라오쯔, 박영희, 쓰꾸미, 유혜경, 윤보라, 정교윤
펴낸이   손형국
펴낸곳   (주)북랩
편집인   선일영   편집   김은수, 배진용, 김현아, 김다빈, 김부경
디자인   이현수, 김민하, 임진형, 안유경, 한수희   제작   박기성, 구성우, 이창영, 배상진
마케팅   김회란, 박진관
출판등록   2004. 12. 1(제2012-000051호)
주소   서울특별시 금천구 가산디지털 1로 168, 우림라이온스밸리 B동 B111호, B113~115호
홈페이지   www.book.co.kr
전화번호   (02)2026-5777   팩스   (02)3159-9637

ISBN   979-11-7224-445-3 03810 (종이책)   979-11-7224-446-0 05810 (전자책)

(주)북랩 성공출판의 파트너

북랩 홈페이지와 패밀리 사이트에서 다양한 출판 솔루션을 만나 보세요!

홈페이지 book.co.kr   •   **블로그** blog.naver.com/essaybook   •   **출판문의** text@book.co.kr

작가 연락처 문의 ▸ ask.book.co.kr

작가 연락처는 개인정보이므로 북랩에서 알려드릴 수 없습니다.

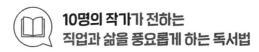

10명의 작가가 전하는
직업과 삶을 풍요롭게 하는 독서법

읽고 일하며 살아간다

강혜진, 김나라, 김선호, 김효정, 라오쯔,
박영희, 쓰꾸미, 유혜경, 윤보라, 정교윤

북랩

첫 장과 마지막 장 사이, 나의 일머리를 찾아가는 독서 여행

"자기야, 나 요즘에 책을 읽는데 남는 게 없네. 자기는 어떻게 읽어?"

요즘 아내는 Zoom으로 평일 아침 9시부터 11시 30분까지 2시간 30분을, 책을 읽고, 글을 쓰는 데 사용한다. 영어 원서 《히든 포텐셜》을 보고, 철학책 《소유냐 존재냐》를 읽고, 자기계발서 《퓨처셀프》의 서평을 쓰고, 재테크 서적 《부의 추월차선》으로 투자 계획을 세운다. 1년 전만 해도 나만 독서에 대해 유난을 떨었다. 책 읽지 않았던 아내보다는 자기 계발을 잘하고 있다고 생색을 냈다. 그런데 이제 아내가 나보다 더 책을 많이 읽고, 나에게 독서에 관한 근본적인 질문을 던진다.

아내가 적극적으로 책을 읽는 이유는 본인의 이름을 찾기 위해서다. 40이 될 때까지 아내와 엄마로만 살았던 아내가 독서를 통해 자기 계발을 시작했다. 2024년, 아이캔대학을 등록하고 졸업하였다. 졸업한 후에 아이캔유니버스에서 활동을 하면서 본인 관심 사항에 맞추어 자기 계발 시간을 사용하기 시작하였다.

거실에는 소파 대신 책상이 자리를 잡았다. 가족들이 모이는 장소로 바뀌었다. 주말에는 외식이나 배달 음식을 한 번씩 먹는다. 장 보고 조리하는 시간을 아껴 만든 시간은 아들과 딸에게 가치를 선물하기 위한 책을 서로가 돌아가면서 읽는다. 지난달에는 시간의 소중함을 알려주기 위해 《남은 인생 10년》의 책을 아들, 딸, 나, 아내 순으로 돌아가면서 읽었다. 책 속 주인공은 불치병에 걸렸다. 평범한 삶을 살고 싶으나 주인공에게 남아 있는 시간이 많지 않았다. 소중하다고 생각하는 것들을 정리하거나 포기하는 이야기를 가족과 함께 읽었다. 시간의 가치를 잘 모르는 아들과 딸이 책을 통해 시간의 소중함을 알아차리길 기대했다. 책을 읽으면서 흘린 눈물만큼이나 선명한 가치를 가슴에 품고 일상을 보냈으면 하는 아빠의 마음을 책으로 전달하고 싶었다.

독서 후 남는 게 없다며 나에게 독서법을 묻는 아내의 질문에 대한 정답을 모르겠다. 그러나 한 가지는 실천하려고 한다. "지금 나에게 꼭 필요한 것을 책에서 발견하겠다."라는 마음을 가지고 책을 읽는다. 꼭 한 개는 발견하고 실천하려고 노력한다. 책의 첫 장에는 이 책을 무슨 마음을 가지고 펼쳤는지 날짜와 함께 손 글씨로 쓴다. 마지막 장에는 나에게 남은 한 문장을 적고 무슨 생각인지 한 줄로 쓴다. 이 마지막 장에 한 줄을 쓰기 위해 책을 읽는다. 꼭 필요한 내용 하나를 집중하면서 읽는다. 이렇게 쓰기 위해서는 책의 내용이 나와 잘 맞는 문장인지 생각해 보고, 지금 나에게 가장 필요한 문장인지도 되묻게 된다. 그리고 어떻게 하면 그 문장을 일상생활에까지 연결할 수 있을 것인지도 고민하면서 읽다가 중간에 멈추기도 한다.

책의 첫 페이지를 펼치고, 끝 페이지를 보기 위해서 읽는 것이 아니다. 지금 나에게 필요한 것이 무엇인지를 책에서 발견하기 위해서 읽고 있다. 나는 그렇게 발견한 부분을 포스트잇과 같은 태그를 책머리(top edge)에 붙여서 별도로 표시해 둔다. 그리고 일상을 살면서 잘 풀리지 않는 상황을 전환하고 싶을 때 그렇게 표시하였던 부분의 페이지를 꺼내 읽게 된다.

내가 좋아하는 '멈춤 독서법'이다. 이러한 독서법이 이 책에는 10가지가 더 있다. 회사원, 교사, 사업가 등 다양한 직업을 가진 작가들이 각자의 독서법을 표현했다. 나이도, 사는 곳도 달라 글을 다채롭게 담을 수 있었다. 이 책을 읽는 동안 독서법에 대한 생각을 정리하고, 본인과 맞는 독서법을 찾기를 기대해 본다.

1장 '나는 직업인입니다'에서 작가 자신들의 직업 소개, 그리고 그 직업을 갖게 된 배경을 담았다. 2장 '독서가 필요한 시점'은 일에서 만난 고충을 독서로 해결한 스토리를 썼다. 3장 '일에 성과를 내는 나만의 독서법' 안에는 독서를 통해 성과를 낸 작가들만의 다양한 경험담을 글로 적었다. 마지막 4장 '읽기 시작했더니 일도 삶도 좋아지는 중'에서는 독서를 통해서 작가가 변화된 부분을 글로 남겼다.

작가 10명, 본인의 이야기를 담아 의미 있다. 평온한 시기보다 힘든 시기가 더 뚜렷한 기억을 선물한다. 뚜렷한 기억이 남았다는 건 그 당시에 후회, 성취감, 아쉬움 등을 비롯한 많은 감정이 남아 있음을 의미한다. 그리고 도움이 되고자 하는 마음과 작가만의 감정과 경험을 바탕으로 아낌없이 의미와 가치를 담았기에 독특한 향기를 품은 기품을 책에서 느끼기를 기대한다.

책을 읽고 본인에게 필요한 방법을 한 번에 발견하기 쉽지 않다. 나와 다른 관점이 있다는 것을 아는 것 자체가 시작점이다. 본인이 알고 있는 것 말고 다른 것이 있다고 생각하는 것이 기존과 다른 가능성을 선물한다. 다르게 바라볼 수 있다는 것만으로도 새로운 기회를 찾을 수 있기에 더욱 근사하고 설레게 만들어서 문제를 다르게 도전할 수 있다. 다르게 바라볼 수 있다는 것만으로도 새로운 기회를 찾을 수 있다는 점을 잊지 않았으면 한다.

요즘 생성형 AI 때문에 많은 것들이 자동화되어 가고 있다. 그런데 읽고 이해하는 능력은 기본적이며 동시에 본질적인 문제다. 읽고 이해하는 능력은 자신의 삶을 어떻게 바라보는 지와 연결된다고 믿는다. 내 삶을 잘살아 보고자 하는 마음이 눈으로 옮겨와 책 속에서 내게 필요한 내용을 발견할 수 있었다. 독서법은 단지

읽고 일하며 살아간다

글자를 읽는 것이 아니라 삶에 대한 태도를 읽어 나가는 방법이라고 주장하고 싶다. 글자 그대로만 읽는 사람이 되고 싶은지, 글자와 글자 사이, 행간 사이에 작가의 생각과 감정을 읽고 싶은 독서의 혁신가가 될 것인지는 본인이 선택한 독서법과 연관이 있다.

항상 반복되는 일상이라도, 새로운 사고방식이 근사한 일상을 살게 한다. 일상에서 일이 차지하는 비중이 높다. 일에서 좋은 성과가 나오면 일상도 좋아진다. 이 책을 손에 쥐고 펼쳐 읽는 독자도 '읽고 일하며 살아간다'라는 제목처럼 작가 열 명의 태도를 가져갔으면 한다. 직장에서 일이 잘 풀리지 않을 때 손을 뻗으면 닿는 곳에 이 책을 두고, 답답한 마음을 위로받고, 때로는 어려움을 풀어내기 위한 힌트를 얻는 책이 되었으면 하는 마음을 담았다.

이 책의 첫 장과 마지막 장 사이에 독자들이 찾는 독서의 좋은 해법이 있기를 기대해 본다. 이제 다음 장부터는 작가 한 명마다 다른 독서 여행지로 안내한다. 이제 같이 여행을 떠나 보자.

끝으로 이 책이 새 생명의 첫 숨결과 함께 세상에 나올 수 있음은, 운명이 준 특별한 선물이다.

2024년 12월
작가 쓰끄미

CONTENTS

들어가는 글   005

제1장 나는 직업인입니다

01	스승이 되고 싶은 교사	[강혜진]	014
02	읽고 쓰는 삶을 이어갈 이유	[김나라]	020
03	육아도 '일'입니다	[김선호]	025
04	저도 선생님입니다	[김효정]	031
05	책 읽는 보습학원을 소개합니다	[라오쯔]	036
06	책을 사랑하는 이유	[박영희]	041
07	외계어를 아는 사람	[쓰꾸미]	046
08	초등교사는 아무나 하나	[유혜경]	052
09	엄마에서 사업가로	[윤보라]	058
10	어쩌다 보니 교사, 천직을 찾았다	[정교윤]	064

제2장 독서가 필요한 시점

01	내 절친을 소개합니다	[강혜진]	070
02	독서로 찾는 길	[김나라]	075
03	'좋은 아빠'가 되기 위한 '독서'	[김선호]	080
04	내 책장에는 아직 빈칸이 많아요	[김효정]	086
05	가장 가까운 스승은 책입니다	[라오쯔]	092
06	책에서 배우다	[박영희]	097
07	읽는 만큼 보인다	[쓰꾸미]	102
08	ADHD는 나야 나	[유혜경]	108
09	나에게 위로가 필요해	[윤보라]	113
10	나에게 딱 맞는 옷이 필요하다. 아날로그 단권화	[정교윤]	120

제3장 일에 성과를 내는 나만의 독서법

01 독서를 위한 환경 설정, 공언 독서법   [강혜진]   126
02 자산이 되는 3가지 재독법   [김나라]   132
03 읽고 생각하고 나누는 육아 독서법   [김선호]   137
04 나만의 꿀벌 독서법   [김효정]   143
05 두려움을 설렘으로 바꾸면 성장합니다   [라오쯔]   148
06 변화를 만들어 내는 기록독서법   [박영희]   153
07 너 책 그렇게 보지 마라 - 더티 독서법   [쓰꾸미]   158
08 한 번에 열 권씩 읽어봤니?   [유혜경]   164
09 성장하는 나만의 독서법   [윤보라]   169
10 아날로그 단권화를 위한 '독서법'   [정교윤]   175

제4장 읽기 시작했더니 일도 삶도 좋아지는 중

01 책이 어른을 만든다   [강혜진]   182
02 독서로 찾는 삶의 재미   [김나라]   187
03 아이와 함께 성장하는 초보 아빠   [김선호]   192
04 삶의 무게 중심이 바뀌어요   [김효정]   198
05 책은 인생의 친구입니다   [라오쯔]   203
06 삶의 변화를 만들어 내는 독서   [박영희]   209
07 초라함을 성장으로 덮고 감추다   [쓰꾸미]   214
08 읽는 게 제일 좋아! 친구들 모여라   [유혜경]   220
09 책을 통해 업그레이드된 나의 인생   [윤보라]   225
10 눈에 보이면 멈출 수 없다   [정교윤]   231

마치는 글   236

제1장

나는 직업인입니다

01

스승이 되고 싶은 교사
[강혜진]

초등학교 교사로 일한 지 벌써 19년째다. 초등학교 6학년 때부터 나의 꿈은 한 번도 바뀐 적이 없었다.

하루 종일 만나는 사람이라고는 마을 주민 몇 분과 친구, 선생님이 전부였던 시골에서 어린 시절을 보냈다. 푸근하고 인심 좋은 이웃 어르신들이 많았지만 어린 나의 눈에 어른답다, 존경스럽다 느껴졌던 사람은 바로 초등학교 6학년 때의 담임 선생님이셨다. 늘 친구들을 괴롭히고 나쁜 일을 일삼던 일탈의 대명사 K를 매가 아닌 사랑으로 보듬어 주시던 담임 선생님의 모습은 힘과 권위로 아이들을 대하던 여느 어른과는 달라 보였다. 학급문고에 크기도 색깔도 가지각색인 책을 꽂아두고 아침마다 읽으라 하셨던 선생님 덕분에 뛰어노는 것보다 독서가 더 재미있을 수 있다는 것을 알게 되었다. 나도 이다음에 우리 담임 선생님 같은 어른이 되어야겠다고 생각했다. 말썽꾸러기도 사랑으로 대할 수 있는, 품이 너른 교사가 되겠다는 꿈을 키워온 것도 그때부터였다.

중학교 시절 IMF로 모두가 힘들어할 때, 사촌 오빠는 교대를 졸업하자마자 초등학교 교사가 되었다. 오빠의 졸업식 날 처음으로 진주 교대에 가 보았다. 강의실을 둘러보고 기숙사 건물을 구경하며 나도 몇 년 후 이곳에 입학하겠다고 다짐했다. 저 건물에서 강의를 듣고 저 기숙사에서 2년 동안 지내다 학교 앞에서 자취하겠다고 제법 구체적인 미래를 그렸다. 졸업하면 모교로 발령을 받아 아이들을 가르치면 좋겠다고 생각했다.

고1 담임 선생님께서 이과로 진학해 의대에 가는 건 어떻겠냐고 물었을 때도 나의 결심은 변함없었다. 의대 갈 만큼 열심히 공부할 자신도 없었고, 높은 점수를 받을 자신도 없었다. 어려운 가정 형편 탓에 내 목표는 오로지 등록금 부담 없는 국립대학교, 졸업과 동시에 평생이 보장되는 안정적인 직장이었다. 게다가 나는 이미 아주 오래전부터 어른다운 어른, 사랑으로 가르치는 교사가 되겠다고 마음먹었으니 진로를 바꿀 생각은 없었다.

대학을 갓 졸업한 2006년 3월, 진해 웅동초등학교로 발령받았다. 모교가 있는 바로 옆 동네 학교였다. 스물네 살, 발령장은 받았지만 나는 아직 어린아이와 다를 바가 없었다. 어떻게 살아야 할지 뚜렷한 주관도 없었고 가르치는 일에 대한 가치관도 불분명한 상태였다. 조그마한 옷 수선 가게를 운영하며 끼니 챙길 겨를도 없이 바쁘게 살던 아빠의 뒷모습을 보고 자랐던 나다. 어른이 되면 그저 아빠처럼 성실하게 일하면 되는 줄 알았다. 사랑으로만 아이들을 대하면 될 줄 알았다. 그러나 좋은 어른, 존경할 만한 선생님이 된다는 건 성실과 사랑만으로는 부족했다. 보이는 것 뒷

제1장. 나는 직업인입니다

면의 많은 것들을 나는 생각해 보지 못했었다. 주관이 없는 나는 상황에 따라 이리저리 휩쓸렸다. 아이 눈치, 옆 반 선생님 눈치, 교장, 교감 눈치 보느라 늘 우왕좌왕했다.

특히 사람 대하는 법을 잘 몰랐던 나에게 학부모는 생각만 해도 긴장되는 존재였다. 어쩌다 학부모의 전화가 오면 심장박동부터 빨라지기 시작했다. 심호흡을 몇 번 하고 겨우 진정된 마음으로 전화를 받아도 연거푸 몸을 굽신대며 통화를 하곤 했다. 교실 뒤에 발 디딜 틈 없이 들어선 학부모를 보고 평소보다 더 들떠서 수업에는 도통 집중하지 못하는 아이들에게 조용히 하라는 말 한마디 못 하고 어색한 미소만 지으며 망친 첫 공개수업도 생각난다.

제 할 말 쏟아내기 바쁜 아이 틈에서 열심히 설명하면 이에 질세라 아이들이 더 큰 소리로 떠들었다. 그럼 더 크게 소리높여 설명하려다가 아이들 떠드는 소리에 내 목소리가 묻혀 더 이상 들리지 않을 때가 되어서야 수업이 끝나곤 했다. 어른스러운 교사가 되리라, 아이들을 한없이 사랑해 주리라 각오했던 나는 3학년 서른 명도 집중시키지 못하는, 욕심만 많고 현장 감각 없는 초짜였다. 결국 발령받고 한 달이 되기도 전에 몸도 마음도 지쳐 너덜대기 시작했다.

아침마다 아이들이 내 말을 잘 들었으면 좋겠다고 생각하며 출근했다. 5교시 일과가 끝날 때까지 화내지 않고 차분하게 수업을 끝낼 수 있는 하루였으면 좋겠다고 매일 빌었다. 수업 준비를 철저히 해도 준비한 만큼 전달하지 못하는 나날이 이어지자 점점 의욕을 잃어갔다. 수업뿐만 아니라 업무처리와 공문 처리도 익숙하지 않아 아이들 하교 후에도 한참 일과 씨름하다 퇴근했다. 선배 선생님들께 도움을 요청하는 데에도 익숙하지 않았다. 나는 통제하기 힘든 아이들과 어려운 공문 틈에서 하루하루 달력에 동그라미를 치며 방학이 오기만을 기다렸다.

　어렸을 땐, 재미있는 일이라곤 일어나지 않는 시골 생활의 무료함을 달래려고 책을 읽었고 중학교에 진학해서는 독서 동아리에서 고전을 읽었다. 고등학교에 진학하고 나서는 교과서 읽고 문제집 푸느라 다른 책은 멀리했다. 대학교에 입학하고 나서는 연애하느라, 과외로 용돈 버느라 책 읽을 시간이 없었다. 강의에 필요한 전공 서적을 들고 다니긴 했지만, 한 권도 제대로 읽어본 적은 없었다. 교직 생활을 시작하고 나서는 철없는 아이들과 사투를 벌이고 업무에 치이느라 잠잘 시간도 부족했다. 나는 책과는 퍽이나 먼 삶을 살고 있었다.
　그러다 책 한 권을 선물 받았다. 누구에게 선물을 받았는지 기억조차 나지 않지만 제목이 참 마음에 들었던 그 책은 조벽 교수님의 《나는 대한민국의 교사다》라는 책이었다. 한 학기가 지나고 방학이 되어서야 잊고 있던 그 책을 다시 한번 쳐다볼 여유가 생겼다.
　침대에 누워 목차를 보는데 비참한 기분이 들었다. 교직 생활에 필요할 거라고 한 번도 생각해 보지 못했던 단어들이 목차에만 해도 잔뜩 들어있는 게 아닌가? 특히 '가르치는 사람 스스로 리더가 되라'는 3장 챕터 제목을 보는 순간 '어른스러움'이 바로 '리더'의 자질이며 '스승'의 덕목임을 잊고 하루살이처럼 겨우 출퇴근을 이어가던 내가 더 한심하게 느껴졌다. 이대로는 안 되겠다고 느꼈다. 바뀌어야 했다.

그러나 깨닫는다고 저절로 스승이 될 수 있는 것은 아니었다. 당장 떠드는 아이들을 조용히 집중시킬 에너지도 부족한데 리더가 다 무엇이며 스승은 어떻게 되겠냐며 속으로 욕이 나왔다. 잘하고 싶어서 '열심히'만 하던 나는 '제대로'라는 방향 설정을 빠뜨리고 살고 있었다. 어른스러운 교사가 되겠다며 누구보다 치열하게 준비했는데, 사실은 어떤 것이 어른스러운 것인지에 대해서도 제대로 고민해 본 적이 없었다. 내가 엉망인데 누군가를 훌륭하게 가르치겠다고 하고 있었으니 이대로는 스승은커녕 '선생님' 소리 들으며 교사 생활하는 것도 힘겹겠다 싶었다.

'최선의 교수법은 베풂이다.'

이 책에서 찾은 주옥같은 문장이다. 이 문장에 형광펜을 그은 이후로 나는 교직 생활하며 얻을 것에 대한 생각은 조금 줄이고 아이들에게 무엇을 줄 수 있는지에 대해 고민하기 시작했다. 그 고민은 아직도 답을 찾아 헤매는 중이다.

'어른스러운' 교사 '스승'이 되고 싶었다. '스승'. 내가 나에게 스스로 부여할 수 있는 호칭이나 자격이 아니라서 더 끌렸다. 월급을

| 018 |
읽고 일하며 살아간다

받으면 십일조 하듯이 책을 샀다. 교육 관련 서적들에 답이 있지 않을까 생각하며 책을 사 모으기 시작했다. 학급경영, 교육 에세이, 상담과 생활지도 방법. 책장에 교육 서적을 모으며 시간 나면 하나씩 펼쳐 보고 '스승'이 되는 길을 찾고야 말겠다고 생각했다. 그 책 속에 스승이 되는 핵심 비법이 들어있을 것 같았다. 19년 차. 나는 이제야 조금 여유를 갖고 그때 사 모았던 교육 서적을 한 권씩 꺼내 읽는 중이다.

그 속에서 스승이 되는 길을 찾았냐고? 글쎄, '스승'이 되고 싶은 꿈은 아직 진행형이다. 그러나 언젠가는 '스승'으로 가는 방향 정도는 어림짐작할 수 있을 거라 기대하면서 나는 오늘도 머리맡에 둔 책과 함께 아침을 열고 저녁을 마무리한다.

제1장. 나는 직업인입니다

읽고 쓰는 삶을 이어갈 이유
[김나라]

'또 어떤 전집이 있나?'

2019년 봄, 내 키의 반만 한 어린이 책장을 들였다. 앞쪽에는 책 표지가 보이게 세워둘 수 있는 전면 꽂이도 있다. 새집으로 이사 와 아이를 위해 준비한 가구다. 텅텅 비어 있는 안쪽 여섯 칸에 동화책 채울 생각에 즐거웠다. 어린이 동화책 공구로 잘 알려진 '빵구닷컴'이라는 네이버 카페도 가입했다. 여러 전집 정보를 보고 어떤 게 아이에게 좋을지 살폈다. 협찬이나 광고 글과 달리 엄마들의 실제 후기를 읽을 수 있어 좋았다. 집 근처 도서 전문점에 가서 상담도 받아 보며 그렇게 우리 집 책장은 채워졌다. 그리고 동화 전집 한질 씩 들일 때마다 어릴 적 내 마음도 채워지는 듯했다.

내가 아홉 살이 되던 해, 부모님은 식당을 운영하셨다. 부모님은 늘 식당 일에 바쁘셨다. 손님이 이용하는 곳은 의자에 앉아 먹는 공간과 방 안으로 들어가 앉는 좌식 테이블로 나뉘어 있었다. 방 한가운데는 슬라이드 여닫이가 달려있고, 그 안쪽은 우리 네 식구가 거처하는 공간이었다. 한쪽 구석에는 좌식 테이블 두 개를 겹쳐 책장처럼 만든 공간에 꽂아둔 과학 만화책 20권이 있다. 심심할 때면 몇 권 안 되는 그 책을 읽고 또 읽었다. 식당에 저녁 단체 모임이 있는 날이면 방 안까지 손님들로 가득 찼다. 오빠와 나의 취침 시간도 늦어졌다. 주말 단잠을 자고 싶을 때가 많았지만, 언제 손님이 올지 몰라 잠이 부족해 투덜대기 일쑤였다. 초등학교에서 버스로 15분 정도 걸리는 곳에 살았다. 친구를 만나기도 쉽지 않았다. 하교 후 집으로 돌아오면 혼자 식당 공터에 나가 노는 게 익숙했다. 집 뒤편 냇가에서 물고기를 잡고, 날씨가 좋은 날이면 흙에 물을 부어 모래놀이를 하거나, 돗자리를 깔고 그림을 그리곤 했다. 주말이면 옆집 동생 집에 놀러 가기도 했다. 1층은 주유소를 운영하고 2층은 가정집이다. 나를 반겨주는 동생을 따라 2층으로 올라갔다. 비디오도 보고, 책장에 가득한 책도 마음껏 꺼내 봤다. 동생 집 곳곳에는 크고 작은 책장이 놓여 있었다. 방안 여기저기에 동화책들이 늘어져 있다. 동생이 좋아하던 책을 가져오면 함께 소리 내어 읽곤 했다. 우리 집에 아이의 책장을 들이던 날, 그 동생 집이 떠올랐다. 어린 시절 갖고 싶었던 책장과 책, 나에게도 생긴 것처럼 행복했다.

아이를 기르며 책 읽어주는 일이 행복했다. 아이와의 시간을 질적으로 채울 수 있었다. 무엇보다 평소 내가 일상에서 쓰지 않았던 다양하고 좋은 언어 표현을 많이 들려줄 수 있어 좋았다. 등장

인물에 따라 목소리를 바꾸어 구연하듯 읽어주었다. 몇 권을 읽어도 귀 기울여 듣는 모습이 마냥 귀여웠다. 전집을 주문해 놓고 도착하는 날을 내가 더 기다렸다. 서툰 발음이지만 자기표현이 늘어난 18개월쯤부터는 매일 잠들기 전 동화책을 읽어주었다. 딸아이는 한 번에 들 수 있는 만큼 욕심을 내어 책을 꺼내왔다. 여행을 가서도, 일로 취침 시간이 늦은 날도 잠자리 독서를 기다렸다. 책을 읽느라 밤잠을 준비하는 시간이 길어졌다. 하루 두 권이라는 나름의 규칙을 만들었다. 내가 매일 지킬 수 있는 권수였다. 책 읽어주는 즐거움에 시작한 초보 엄마의 책 육아는 아이가 여덟 살인 지금까지 순항 중이다.

매일 책 읽는 시간이 쌓이니 나의 육아에 '책육아'라는 이름을 붙일 수 있을 것 같았다. 아직 어린 딸이지만 딸이 원할 때까지 책을 잘 읽어주는 엄마가 되겠다는 마음을 가지고 있다. 출산 후 육아휴직을 하는 동안 내 아이에게 독서를 챙겨 주자는 마음으로 공부를 이어왔다. 딸은 초등학교 입학 전 자연스레 한글을 뗐고, 책으로 대화를 많이 나눈 덕인지 교감도 두터워짐을 느낀다. 동화책에 나오는 문장이 딸아이의 일상 언어로 익숙하게 들려왔다. 엄마 없이도 혼자 책을 꺼내 읽는 시간이 늘었다. 나도 아이 옆에서 읽고 싶은 책을 즐길 수 있게 되었다. 함께 읽는 엄마가 되겠다는 청사진이 현실로 이루어진 기분에 뿌듯하다. 휴직 동안 아이 나이에 맞게 아동 독서와 심리 등을 공부하며 아이들과 다시 함께할 날을 준비했다. 수준별 다양한 독후 활동은 다시 돌아간 일터에서 활용할 수 있게 되었다. 어느덧 아이는 초등학교 입학을 앞둔 시기가 찾아왔다. 학부모 입장이 되니 책 육아에 대한 새로운 방향이 고민되기도 했다. 그때 마침 시간제로 일하던 기관에서 온라인 학습 코칭이라는 일자리를 제안받았다. 초등학교 재학생 중 기초학력 수준이 낮아 학습에 도움이 필요한 친구들을 지도하는 역할이다. 직업인으로서 경력 사항을 쌓는 데 도움이 될 좋은 기회였다. 유치원에 다니는 딸의 등 하원 시간을 맞추기에도 무리가 없어 망설임 없이 일하게 되었다.

첫 출근 날, 초등학생 1학년부터 6학년 학생 약 25명 정도의 명단을 받았다. 함께 일할 동료와 함께 수업 시간을 분배하고, 수강생을 나누어 맡았다. 태블릿 기기와 노트, 학용품, 문제집을 살 수 있도록 예산을 지원받았다. 첫 만남에서 자신이 생각하는 어려운 과목, 보충하고 싶은 내용, 잘하고 싶은 과목을 묻고 기록했다. 개인별 상담을 마무리하고 나서는 각 반 담임을 찾아가 특이사항이나 중점 지도해야 할 부분이 있는지 물어 체크했다. 아이들 수준에 맞는 자료를 준비했다. 잘 가르치려 했지만, 학생들이 수월하게 따라오기 힘겹게 느껴질 때가 많았다. 문제집을 풀 때면 긴 지문에 한숨을 쉬는 친구, 문제를 반복해서 읽어도 잘 이해하지 못해 되묻는 상황이 반복되었다. 한 수업당 네다섯 명 정도 수강생이 있는 시간이면 꼼꼼히 가르치는 일이 더 쉽지 않았다. 태블릿에서 나오는 영상으로 듣고 이해하며, 배경지식을 넓히는 데 도움이 되었겠지만, 결국은 아이의 읽기 능력을 길러주는 것이 중요하다는 것을 절실히 깨달았다. 학습에 있어 문해력은 늘 화두다. 아이들이 실제 부딪히는 어려움을 가까이에서 확인할 수 있었던 시간이었다.

　아이를 위해 독서 관련한 꾸준한 공부를 이어왔다. 이렇게 했던 공부가 독서 전문 교사가 되는 씨앗 역할을 했다. 엄마로서, 직업인으로서 읽고 쓰는 삶을 살아 보니 어린 시절의 나를 채우고, 내 아이의 마음도 채울 수 있다. 무엇보다 내가 좋아하는 어린이들을 도우며 살아갈 수 있다. 말과 글, 행동이 연결되는 사람이 되고 싶다. 독서 전문 교사로서 내 능력에 힘입어 돕는 삶을 살아가려 한다. 읽고 쓰는 삶을 살아갈 충분한 이유다.

육아도 '일'입니다

[김선호]

아내와 결혼을 하고 함께하는 시간 중 가장 행복한 시간은 저녁 식사 후 함께 손을 잡고 산책하는 것이었습니다. 퇴근하여 먼저 저녁밥을 준비해 놓고 간단하게 저녁 식사를 합니다. 그리고 소화도 시킬 겸 밖으로 나가 손에 아이스크림 하나씩 나누어 들고 오늘 하루 어떤 일이 있었는지 오순도순 이야기를 나누며 걷습니다. 마주 잡은 두 손의 온기는 하루를 마무리하는 최고의 피로 회복제가 됩니다. 그렇게 두 손을 맞잡고 걸으며 저희는 한 가지 약속을 하였습니다. 30년이 넘게 서로 다른 가정환경과 문화 안에서 자라고 살아왔으니, 함께 적응할 수 있도록 1년 동안은 두 사람만의 시간을 갖기로 하였습니다. 주위에서 연애할 때와는 다르게 함께 살기 시작하면서는 작은 생활 습관에서 시작되는 삐걱거림은 피할 수 없다는 말을 많이 들었습니다. 정말 아무것도 아닌 사소한 것에서 비롯된 불편함이지만, 이는 결국 결혼 생활에 큰 영향을 미칠 수 있다는 인생 선배들의 진심 어린 충고를 받아들여 두 사람만의 신혼 생활을 만끽하고자 한 것입니다. 실제로 저희 부부는 이 시간을 통하여 피부로 느껴지는 불편함이 상대방이

틀리거나 잘못된 것에서 비롯되는 것이 아니라, 그저 서로 다른 것일 뿐이라는 것을 인정할 수 있었습니다. 그렇게 하나씩 하나씩 서로를 이해하고 배려하며 하나가 되어가는 방법을 배웠습니다.

그렇게 약 1년의 행복한 시간이 흐르는 동안, 아내의 심경에는 다소 변화가 생긴 듯했습니다. 아내 주위의 지인들이 하나둘씩 임신을 하고 출산하는 사람이 많아지자, 아내 역시 조바심이 나는 것 같았습니다. 어느 날, 여느 때와 마찬가지로 아내와 아이스크림을 나누어 들고 산책하고 있는데 아내가 조심스럽게 말문을 열었습니다.

"우리를 닮은 아이는 어떤 모습일까?"

그 말과 동시에 우리의 대화 주제는 자연스럽게 늘 '아기 천사'가 되었고, 우리에게 찾아올 아이를 고대하며 기도로 준비하게 되었습니다. 저 역시 아내의 한마디를 통하여 '자녀'에 대해 깊이 생각해 보게 되었습니다. 무엇보다도 아이가 사랑하는 아내를 닮았으면 좋겠다는 생각이 들었습니다. 저는 비교적 성격이 급하고 일을 진행함에 있어 계획을 세우고 그대로 따라 움직이는 것을 좋아합니다. 만에 하나 그 계획대로 이루어지지 않거나 조그마한 변수가 생기면 금세 감정이 들끓어 오릅니다. 반면 아내는 항상 여유 있는 표정과 밝은 미소로 사람을 대하고, 진실하게 상대방의 말에 귀 기울일 줄 아는 사람입니다. 이런 부분들이 매력적으로 느껴졌기에, 이런 아내를 닮은 아이와 함께 손을 맞잡고 나란히 산책하면 얼마나 좋을까 싶었습니다. 그날부터 우리 두 사람은 열심히 운동도 하고 엽산도 꼬박꼬박 챙겨 먹으며 아기가 찾아오기만을 두 손 꼽아 기다렸습니다.

그러나 생각만큼 아이와 만나는 것은 쉽지 않았습니다. 고심 끝에 산부인과 병원을 찾게 되었고, 담당 의사는 진찰 후 아내의 자궁 내에 혹이 여러 개가 있어서 자연 임신이 어려울지도 모른다는 말을 하였습니다. 이럴 수가… 결혼하고 아이를 낳는다는 것은 너무나도 당연하다고 생각했던 일이었는데, 저희 부부에게만큼은 당연하지 않을 수 있다는 말처럼 들렸습니다. 진찰 결과를 전하는 담당 의사의 그 한마디가 너무 야속하게만 들렸습니다. 집으로 돌아오는 차 안에서 아내는 이 모든 것이 본인 탓 같다고 자책하며 흐느껴 울기 시작하였습니다. 절대로 아내 탓이 아니라는 것을 상기시켜 주고 옆에서 토닥이며 안아주었지만, 아내의 울음소리는 오랫동안 계속되었습니다.

아내의 기분 전환을 위하여 친정 식구들과 함께 가족여행을 떠났습니다. 부모님과 함께 오랜만에 환하게 웃는 아내를 보며 저 스스로에게 있어서 그 어떤 것보다도 '가족'이 가장 소중하다는 것을 깨닫게 되었습니다. 다음 날 아침, 아내는 다소 들뜬 표정과 목소리로 저를 흔들어 깨웠습니다. 아침잠이 많은 저는 비몽사몽 겨우 한쪽 눈만 떠서 보니, 눈앞에는 하얗고 길쭉한 무언가가 있었습니다. 바로 '두 줄'의 임신 테스트기였습니다! 두 눈을 크게 뜨고 다시 보아도 '두 줄'이었습니다! 그리고 여행이 마무리되자마자 바로 병원으로 향했습니다. 그저 모질게만 느껴졌던 담당 의사의 입에서 기다리고 기다렸던 한 마디가 터져 나왔습니다.

"축하합니다! 드디어 엄마, 아빠가 되셨네요!"

이 짧은 문장이 들리는 순간, 조용했던 진료실에는 우리 두 사람의 심장 소리로 가득 찬 듯했습니다. 매일 기도하며 아기를 기다렸던 우리였지만, 실제로 눈앞에서 힘차게 뛰고 있는 심장을 보는 순간 온몸이 얼어붙는 것만 같았습니다. 아니, 내가 아빠가 되었다니! 우리가 부모가 되었다니! 우리를 보며 환하게 웃는 의사 선생님의 축하에 들떠 광대가 하늘로 힘껏 올라가 내려올 줄 몰랐습니다. 그렇게 상기된 얼굴의 아내와 저는 세 사람이 함께할 미래에 대해 수다를 떨며 집으로 들어서는 순간 아차 싶었습니다. 온 집안에는 두 사람만의 물건으로 가득했기 때문입니다. 그동안 아기를 만나기만을 기다렸지, 실제로 아이를 만날 준비나 계획에 대해서는 생각도 하지 못했던 터라 순간 멍해질 수밖에 없었습니다. 아직 늦지 않았으니 아내와 함께 지금부터라도 '세 명'이 함께할 보금자리로 채워가 보고자 다짐했습니다.

그날 저녁부터 우리의 산책 대화 주제는 완전히 뒤바뀌게 되었

읽고 일하며 살아간다

습니다. 이전에는 '~이러면 어떨까?'라는 막연한 대화로 가득했다면, 이제는 '~해야겠다'라는 다짐과 함께 실제로 손과 발을 움직이며 아기를 만나기 위한 계획을 하나씩 세우기 시작한 것입니다. 그런데 초보 아빠이기에 아기를 만나기 위한 준비는 어떻게 해야 하는지 도통 알 수가 없었습니다. 아기용품이 필요한 것은 알겠는데 어떤 용품이 얼마나 필요한지 알 수 없었습니다. 아기를 위한 가전제품과 가구 역시, 무엇을 어떻게 사야 할지 막연하기만 했습니다. 어디에서 그 정보를 얻을 수 있을까 고민을 하며 여러 방법을 강구하였지만, 원하던 정보를 얻기는 쉽지 않았습니다. 그렇게 고심하던 어느 날, 우리 두 사람은 가까운 지역 도서관에 방문하여 둘러보다가 책장 한 면 가득히 꽂힌 책들이 눈에 들어왔습니다. 그것은 바로 '육아서'였습니다. 저도 모르게 육아서 한 권을 들고 자리에 앉아 읽기 시작했습니다. 육아서 안에는 육아 선배 작가들의 고민과 노력의 흔적이 고스란히 담겨 있었습니다. 부모로서 마주칠 수 있는 다양한 사건을 간접적으로 경험하고 준비하는 데에 도움이 되었습니다. 한 장 한 장을 넘길 때마다 아이의 성장에 맞추어 부모가 해야 할 일에 대해서 배울 수 있었습니다. 그대로 육아서 몇 권을 더 빌려 돌아오는 길에 저는 결심했습니다.

"그래! '좋은 아빠'가 되기 위해서 많이 읽고 공부하자!"

그렇게 저는 한 생명을 책임져야 하는 아빠이자 가장이 되었습니다. 아빠가 된다는 것은 기적과도 같은 축복입니다. 저는 아이를 기다리는 시간을 통해 그저 당연하다고만 생각했던 '아빠'라는 자리가 당연하지 않음을 깨닫게 되었습니다. '아빠'라는 자리는 앉기 위해서는 그에 응당한 자격과 노력이 필요합니다. 왜냐하면, 이 '아빠'라는 타이틀은 그 어떤 일보다도 더 막중한 책임감이 요구되는 '일'이기 때문입니다. 때로는 어깨가 무겁고 부담이 될 수 있습니다. 실제로 임신과 출산, 그리고 퇴근이 없는 육아는 그 어떤 '일'보다도 업무 강도가 높습니다. 그러나 저는 '아빠'입니다. 저는 제 아이의 세상이자 전부입니다. 그러므로 저는 어제보다 오늘, 오늘보다 내일 더 '좋은 아빠'가 되고자 노력했습니다. '좋은 아빠'가 되는 방법은 특별한 것이 아닙니다. 지금 매 순간의 육아라는 일에 성실히 참여하고, 처음 겪는 일을 아내 그리고 아이와 함께 하나씩 해결해 나가는 것만으로도 충분합니다. 육아서 안에는 선배 부모들의 그간 노하우가 담겨 있기 때문에, 육아서를 읽으며 적용할 수 있는 것이 무엇인지를 선별하고 몸을 움직여 실천하면 되는 것입니다. 그렇게 제가 선택한 '좋은 아빠'가 되는 방법은 '독서에서부터 시작하자!'였습니다.

읽고 일하며 살아간다

저도 선생님입니다

[김효정]

어릴 적 집에는 내가 읽을만한 책이 없었다. 그래서 집에 있었던 책을 모두 대라면 나는 자신 있게 말할 수 있다. 딱 두 권 있었으니까. 부모님은 내 공부에 관심이 없으셨다. 어쩌면 나는 행운아였을 지도 모른다. 집에 있는 시간 대부분을 내가 원하는 대로 보냈기 때문이다. 학원에 다닌 적도 없고, 그 흔한 학습지조차 풀지 않았다. 들로 산으로 메뚜기를 잡으러 다니기도 했고, 바구니를 옆에 끼고 쑥을 캐러 다니기도 했다. 찔레 연한 줄기도 꺾어 먹어봤고, 산딸기를 발견한 날에는 산삼이라도 발견한 듯 신나게 따 먹었다. 그렇다고 내가 깊은 산속에서 자란 사람은 아니고 다만 집이 조금 마을에서 떨어져 있었을 뿐이다. 집에서는 주로 텔레비전을 시청했다. 책은 집에서도 학교에서도 거의 읽은 기억이 없다. 나에게 아무도 독서하라고 시키지 않았다. 어린 시절 독서는 그만큼 내 삶과 동떨어져 있었다.

하도 놀다 보니 그것도 심심한 어느 날이었다. 웬일로 책장에 꽂혀 먼지가 뿌옇게 내려앉은 책에 눈길이 갔다. 책의 이름은 《김유신》이었다. 책은 생각보다 재미있었다. 글자는 컸고, 그림까지 곁

들여져 있어 한 장 한 장 넘기기 쉬운 책이었다. 그리고 한참의 시간이 흘러 남아 있던 책을 마저 읽었다. 《뉴턴》, 이 책은 꽤 길고 낱말도 어려웠지만 한 번 읽기 시작한 책에 대한 승부욕이었을까? 나는 끝까지 며칠에 걸쳐 그 책을 읽어냈다. 이해되지 않는 문장은 읽고 또 읽기를 반복하며 읽었다. 얼마나 열심히 읽었는지 아직도 그 책의 내용이 기억난다. 뉴턴이 비눗방울의 두께를 연구한 대목이었는데, 이런 것도 과학자들은 연구하는구나 신기했었다.

중학생이었을 때는 전국적으로 만화대여점이 돌풍을 일으키고 있던 시절이었다. 나는 경쟁적으로 친구들과 함께 만화책을 대여해서 읽었다. 넉넉지 못한 형편이었지만 삼천 권을 넘게 만화책을 읽었다. 읽은 권수는 내 자랑이었다. 그런데 내 친구의 "읽은 책을 또 빌려 읽어. 오천 권이 넘었다."라는 말에 나는 친구를 따라잡을 수 없다는 절망감에 빠졌고, 그 이후로는 만화책도 시들해져 정말 좋아했던 몇 개의 시리즈만 빼고 그만두었다.

어렸을 때는 꿈이 많았다. 미래에 살고 싶은 집이나 직업을 가졌을 때의 모습을 그려보기도 하고, 직업을 갖기 위해서 어떤 과정을 거쳐야 하는지 구체적으로 상상하기를 즐겼다. 그런데 막상 고등학생이 되니 지쳤는지, 현실을 회피하고 싶어서였는지 모르겠지만 나는 만날 손금만 들여다보았다. 타고난 내 운명이 궁금했다. 도서관에서 손금 책도 빌려보았다. 현실과 이상과의 괴리에서 오는 고통은 "희망이 없으면 절망도 없다."라는 사르트르의 말과 함께 나의 한 시절을 어둡게 보내게 했다. 내 어두운 삶에 희망마저 없다면 내 삶은 너무 깜깜할 것이다. 알면서도 더 이상 절망하고 싶지 않았다. 그래서 소망도 거두었다. 그럼에도 내 어둠에는 빛에 대한 갈급함이 짙게 배어 있었다. 갈급함은 불편한 것이었기에 나는 오히려 단순해지려고 했던 것 같다. 고3 때, 잘못된 자세로 허리디스크에 문제가 생겼다. 큰 소망을 가지지 않으려고 했었지만, 미래는 너무 막연해서 두려웠고, 불안감은 내 미래를 준비해야 한다고 끊임없이 아우성쳤다. 물리치료를 받으며 정한 나의 첫 번째 직업 조건은 '여름에는 에어컨, 겨울에는 온풍기를 틀어주는 직업이어야 한다는 것이다. 그때 내 눈에 들어온 것이 병원행정 쪽 직업이었다. 즉 원무과에서 일하는 것이다. 그래서 나는 병원행정에 대해 바로 알아보고, 그 학교, 그 과를 목표로 삼고 수능을 준비했다. 다행히 점수가 높지 않아서 힘들진 않았다. 문제는 합격하고 난 후였다. 집안 어른들이 난리가 난 것이다. 그때는 IMF 시기여서 직업은 "철밥통이 제일"이라는 인식이 깔려있었는데 병원행정 일은 병원 재정이 어려울 때, 제일 먼저 잘리는 직업이라는 것이다. 나는 직장에서 해고당하는 것을 전혀 염두에 두고 있지 않았기 때문에 그 직업이 그렇게 위태로운지 몰랐다. 하필 특차에 붙었기 때문에 내 선택지는 전문대학밖에 없었고, 전문대학은 가고 싶지 않아서 어쩔 수 없이 재수를 선택했다. 그리고 교대를 지원했다. 더 이상 공부를 하고 싶지 않았다. '이 지겨운 공부 다시는 하지 말자. 공부 안 해도 아이들은 가르칠 수 있어. 여름에는 에어컨 켜주고, 겨울에는 온풍기도 틀어주니까 초등학교 선생님이 되자.' 그게 그때 내 직업 선택의 두 가지 기준이었다. 첫째는, 여름에는 에어컨, 겨울에는 온풍기를 틀 수 있고, 둘째는 평생 하기 싫은 공부 하지 않아도 되는 직업. 지금은 그때의 내가 너무 어이없다. 단순함이 불러온 무지였다. 교직은 평생 공부해야 하는 직업인 줄도 모르고 말이다.

교직에 첫발을 내딛고 보니 나는 정말 아는 것이 없었다. 내가 발령받았을 때는 특이하게도 우리 지역은 150명 정도 되는 많은 신규 교사가 배치되었다. 내가 첫 발령 받은 학교에만 신규 교사가 7명 정도 배치되었으니 선배 교사들이 신규 교사가 너무 많아 학교가 안 돌아간다는 푸념이 푸념만은 아니었다. 무엇이든 척척 해내는 선배 교사들이 너무 멋있고 부러웠다. 졸업 전 교직에 대한 세 가지 직업관 중 나는 교직은 전문직이라고 생각했고, 그러한 내 모습을 기대했었는데 발령 후 현실은 예상과 달랐다. 나는 종례를 마치고 아이들을 집에 보내도 되나 안 되나 옆 반 눈치만 보고 있는 초짜 중의 초짜였다. 빼꼼 열린 교실 문만큼이나 부끄러움에 작아진 내가 거기 있었다. 대학생 때 교수님이 모르면 옆 반 선생님께 물어보면 된다고 하셔서 그 말만 찰떡같이 믿고 현장에 나왔는데 옆 반 문을 두드리는 횟수가 늘어갈수록 자신감은 떨어졌다. "죄송하지만……"을 연발하다 보면 나중에는 문 두드리기도 미안해졌고, 부끄러워졌다. 게다가 우리 부장 선생님은 "나에게 물어보지 마이소……"를 항상 말의 첫 문장으로 삼는 분이었다.

　이런저런 여러 가지 이유로 교실 문이 열리지 않을수록 교실은 엉망이 되어갔다. 게다가 첫 발령을 받았을 때는 학급 특색을 살린 학급 운영이 강조되던 시기였는데, 하교도 언제 해야 하는지 모르는 초짜 교사에게 특색있는 학급 운영은 너무 어려운 과제였다. 교사는 교과서만 가르치면 되는 줄 알았는데 현장은 교과서만 가르치는 곳이 아니었다. 그래도 난 아이들 앞에 서 있는 선생님이었다. 거대한 벽 앞에 서 있는 내게 돌파구가 필요했다. 나는 그 돌파구를 책에서 찾았다.

제1장. 나는 직업인입니다

05

책 읽는 보습학원을 소개합니다
[라오쯔]

이른 아침의 분주함이 사라진 오전 거리의 풍경은 한가하고 평화롭다. 삼삼오오 모여 자판기 커피를 마시는 택시 기사 아저씨들과 출근길, 등굣길을 피해 자리를 트는 과일 노점 아저씨. 아주머니의 정감 어린 대화가 그렇다. 그들을 뒤로하고 걷는 내 등 뒤로 햇살이 쏟아진다. 매일의 그들에게서 따뜻함을 배운 오전 햇살의 배웅은 4층 건물 앞까지만 이어진다. 밖과는 다른 건물의 냉기와 어둠은 현실을 자각하게 하고, 층계를 오를수록 몸과 마음은 오늘에 다가선다. 비밀번호를 누르고 학원 문을 열었다. "삐삐삐삐" 짧지만 강한 기계음이 들리고 굳게 닫힌 철문이 열렸다. 달콤 비릿한 책 냄새가 훅하고 밀려온다. 출입구의 7자짜리 책장을 시작으로 벽면을 채운 다양한 책들이 밤사이의 외로움을 쏟아내고 있다. 아이들이 빠져나간 공간의 공허함을 활자로 채웠다. 책을 정리하며 모자란 책장을 들이고, 책장의 공간이 비면 다시 책을 구입했다. 색깔과 두께가 다른 다양한 책은, 수와 무게가 더해져 게으른 주인장이 폐업의 고민조차 할 수 없게 만드는 학원의 수문장이 되었다. 책과 함께 공간을 살아가는 나는 보습학원을 운영하는 학원장이고 강사이다.

보습학원은 학교에서 배우는 교과과정을 보충하는 학습장이다. 모든 과목을 공부하는 학원은 시·공간의 제약으로 운영이 어렵다. 아이들이 주로 어려워하는 영어와 수학, 과학 과목을 공부하는 곳이 많은데 이곳은 국어 과목을 중심으로 수학을 배우는 학습장이다. 과거, 논술교습소를 운영하며 교과국어 교육의 필요성을 절감했다. 교습소를 학원으로 확장하며 수업과목과 시간표를 수정·추가했다.

먼저, 교과국어 과목과 논술학습을 한 범주에 포함하여 〈국어〉로 정했다. 교과수학을 기본 학습으로 하고 서술형 수학을 연습할 수 있는 교재를 더해 〈수학〉 시간표를 만들었다. 교과국어 학습이 전제되면 논술교육의 효과는 커진다. 만약 설명하는 글을 쓴다면, 설명문의 정의와 쓰는 방법에 대해 학습이 된 아이들은 그렇지 않은 학생보다 훨씬 더 정연된 글을 쓸 수 있다. 설명문을 쓸 때 첫째, 자신의 경험을 바탕으로 글을 쓴다. 그래야만 글이 더 쉬워지고 읽는 사람이 흥미를 갖게 된다. 경험은 직접 체험한 사실과 책, 인터넷 매체를 통해 습득한 지식을 모두 포함한다. 둘째, 쓴 글은 처음·가운데·마지막에 들어갈 내용으로 구분해 재구성한다. 문맥에 맞는 글의 순서를 정하고, 빠트리는 내용 없이 완성하기 위해서이다. 셋째, 읽는 대상에 따라 글은 쉽고 자세하게 쓴다. 독자에 따라 글의 주제는 물론 사용하는 낱말도 달리하여 읽는 사람이 잘 이해할 수 있도록 쓴다. 이것은 현재 초등 5학년 국어 교과서 2단원 〈설명문〉에서 공부하는 〈지식과 체험을 바탕으로 하는 설명문 쓰기〉의 개념 내용이다. 개념을 배우고 설명문을 쓰면 아이들의 글은 보다 깊고 흥미롭다. 〈국어〉에 교과국어와 논술을 포함한 이유이다. 수학은 연산과 국어가 함께 있는 학습이다. 식과 답을 쓰려면 문제를 먼저 이해해야 하기 때문이다. 초등 중학년 (3~4학년) 수학 교과서에 두 단계의 풀이 과정을 요하는 서술형 문제가 나온다. 연산이 빠르고 선행을 한 아이들도 문제를 이해하지 못하면 시작도 하지 못한다. 서술형 수학은 이런 문제 유형에 익숙해지는 연습 학습이다.

　학습 시간표를 수정했다. 80분의 수업 시간을 60분과 20분으로 나누어 연산. 독해. 어휘 풀이 책을 20분 동안 번갈아 풀게 했다. 연산 책은 수학학습에 도움을 주는 보충 과목이고, 독해. 어휘 책은 국어의 보충 과목이다. 아이마다 연산 능력이 달라 세 자리 더하기 세 자리 계산을 무리 없이 풀어내는 초등 2학년생이 있는 반면, 그렇지 못한 아이도 있다. 연산에서 차이가 생기면 수업에서의 차이는 더 커지기 마련이다. 국어는 읽는 것과 이해하는 것을 구분하여 살펴야 한다. 교과지문을 읽지만 내용은 정확하게 이해하지 못하는 경우가 많기 때문이다. 읽기가 쉬워 내용 이해까지 쉽다는 오해는 국어학습의 중요성을 떨어뜨리는 주요한 요인이다. 국어도 영어와 같은 언어 영역이어서 낱말과 관용구를 많이 알고 있으면 문해가 수월해지는데, 평소에 잘 쓰지 않는 관용구와 속담, 사자성어를 공부하는 어휘 책과, 학년별 교과과정에 필요한 어휘를 묶은 어휘 책 한 권을 꾸준하게 공부하도록 계획한 이유다.

 마지막으로 학습 시간표에 독서를 추가해 매주 금요일에 책을 읽게 했다. AI기능을 도입하여 아이의 도서지수검사를 하고 결과에 따라 아이에게 맞춤화된 책을 권장한다. 보다 객관적인 자료로 아이들에게 딱 맞는 책을 권하기 위해서다. 읽기의 수준을 맞춤화하면 독서의 재미도 더할 수 있다. 시간 내에 한 권을 다 읽기도 하지만 그렇지 않더라도 한 달에 2권 이상의 독서는 가능하게 된다. 읽은 책 중 한 권을 선택하여 매월 마지막 주 금요일에 독서감상문을 쓰는데, 처음에는 줄거리 쓰기가 힘들어 책 내용을 그대로 옮겨 놓던 아이들이 점차 요약하는 방법을 터득해 갔다. '좋았다, 기쁘다, 슬펐다, 자랑스러웠다' 등의 간단했던 느낌은 나날이 풍성해지고 자신의 생활과 연결하여 솔직하고 구체적으로 변해가기도 했다. 읽기가 늘어 갈수록, 써보는 경험이 많아질수록 변화는 더욱 선명해지리라 믿는다.

 보습학원에서 책을 읽는 시간을 따로 정하는 것은 흔한 일이 아니다. 교과학습에 집중하는 것이 중요하다고 독서를 마뜩잖게 여기는 학부모도 있다. 하지만 독서는 학습에 필요한 배경지식도 쌓을 수 있고 아이들의 정서적 안정감에도 도움을 준다. 더구나 보습학원은 학습을 돕는 장이기도 하지만, 아이들이 안정된 정서와 올바른 가치관을 형성하는 데 돕는 장이기도 하다. 시간표대로 3년 동안 공부한 아이들의 교과 평가 점수와 글쓰기 실력이 성장하는 것을 지켜보았다. 우수한 학과 점수는 물론 학교 임원선출에서 우수한 작문과 발표력으로 당선되어 자신의 역량을 키워가는 아이들이 많았다. 수정을 거듭한 학원의 학습 시간표와 추가된 독서의 긍정적인 결과라고 생각한다. 아이들의 생각에 경계를 지우고 이해의 폭을 넓히는데 독서는 좋은 길잡이가 된다. 다양한 정보를 접하여 사고의 틀을 확장하고, 현자와의 대화를 통해 정연된 사고력을 키워 나가갈 바란다.

강의실 큰 창을 통해 들어왔던 가을 햇살이 달빛에 자리를 양보한 지 오래다. 아이들이 빠져나간 강의실에 책들의 소곤거림이 들려온다. 그들의 이야기를 뒤로하며 학원 철문을 닫는다. 길가의 노란 은행잎이 은은한 달빛에 선명함을 더하고, 한가했던 아침 정경엔 포근함이 내려앉았다. 응원이 필요했을 그들에게 몇 번이고 내어주었을 자판기 커피 한 잔을 나도 뽑는다. 진득한 위로가 목구멍을 타고 내려갈 때 머리 위의 작은 달이 내 찻잔에 담긴다. 마중 나온 월광과 달을 담은 한 잔의 차로 나의 하루를 마감한다.

06

책을 사랑하는 이유

[박영희]

나는 중학교에서 아이들을 가르치는 국어 교사다. 주변에서 "요즘 중학생들 가르치기 힘들지 않아요?"라는 우려와 걱정의 말을 많이 하는데, 힘든 것도 사실이지만 재미있고 즐거운 일도 많다. 수업 시간에 함께 시와 소설을 읽고 아이들과 감상을 나누기도 하고, 책을 좋아하는 아이들과 독서동아리를 만들어 활동하기도 한다. 어디로 튈지 모르는 아이들이지만 그 덕분에 지루할 틈 없이 역동적인 하루하루를 보내고 있다. 좋아하는 일을 직업으로 갖게 되어 감사한 마음이다. 하지만 처음부터 교사가 꿈은 아니었다.

책 읽고 글 쓰는 일을 좋아해서 문예창작과를 지원하고 싶었지만 부모님은 넉넉하지 않은 가정 형편 때문에 공무원이나 교사가 되길 바라셨다. 적절히 타협한 끝에 국문과에 진학했다. 국문과에 진학하고도 내가 정말 무엇을 하고 싶은지 확신이 서지 않았다. 대학교 2학년 때는 방송작가를 시켜준다는 선배의 말에 부모님 몰래 휴학을 하고 서울로 올라갔지만 다단계라는 것을 알고, 사람에 대한 배신과 분노로 힘들어하기도 했다.

미래에 대한 막막함과 불안함 속에서 아무것도 결정하지 못한 채 대학원에 진학했다. 그 선택은 회피 또는 유예나 다름없었다. 대학원에 다니면서 생계를 위해 학원 강사와 과외 아르바이트를 시작했다. 생각보다 일이 재미있었다. 학교에서 있었던 일을 조잘 거리는 중학생 아이들도 귀엽고, 가르치는 일이 적성에 맞았다.

처음엔 주 3회 시간강사로 일을 했는데 아이들의 성적도 오르고 원장님의 신임을 얻기 시작하며 전임강사로 일을 하였다. 그러다 더 큰 학원으로 옮겨가고 입시 학원에서 수능 국어 강사로 일을 하였다. 입시 학원이기 때문에 문제 풀이를 주로 했는데 문학 지문에서 좋아하는 작품이 나올 때마다 하고 싶은 이야기가 많아졌다. 이 작가의 다른 책들도 읽어보라고 추천해주면 아이들은 생기 잃은 눈빛으로 말했다.

"책 읽을 시간이 어디 있어요? 잘 시간도 부족한데……."

그렇게 말하면서도 소설의 뒷이야기나 줄거리가 궁금하다고 들려 달라고 했다. 그러나 '점수'라는 결과로 평가받는 학원 강사에게 그런 시간은 사치였다. 서둘러 진도를 나가야만 했고, 그럴 때마다 적당히 재미있는 이야기들로 흥미를 유발하며 문제 풀이를 이어 나갔다.

아이들을 가르치는 일이 즐겁고 이 일을 오래 하고 싶다는 생각이 들었다. 다만, 문제를 푸는 방법이 아니라 함께 읽고 고민하고 생각을 나누는 수업을 하고 싶었다. '교사'가 되면 원하는 수업을 할 수 있을 것 같았다. 고민 끝에 임용시험에 도전하기로 결심했다. 그때가 스물일곱 살이었다. 지금 생각하면 무엇이든 할 수 있는 젊은 나이인데 왜 그때는 늦었다고 생각했을까? 아마 주변의 걱정과 우려의 시선도 한몫했을 것이다.

"요즘 경쟁률이 만만치 않다는데."

"나이도 있는데 돈을 더 벌어서 결혼을 하는 게 어때?"

"이제 와서 공부를 다시 시작하기엔 너무 늦지 않았어? 된다는 보장도 없는데……."

그들의 말도 일리는 있다. 친구들은 직장생활로 돈을 모으고 결혼을 준비하며 삶의 과제를 충실하게 수행하는데 나만 뒤처져 보였다. 날씨 좋은 날에는 남자친구와 데이트를 하고 돈을 벌어 취미생활도 하는 친구들과 어두컴컴한 독서실에 처박혀 공부만 하는 나를 비교하며 힘들어했다. 남들과 비교하면 할수록 내가 아무것도 아닌 것처럼 느껴지는 날들이 많았다. 게다가 '과연 내가 붙을 수 있을까?' 하는 의심들이 엄습할 때면 미래에 대한 불안감으로 눈앞이 깜깜했다.

공부에만 집중해도 붙을까 말까인데 생계를 위해 아르바이트를 병행했다. 시간이 부족할 수밖에 없었다. 공부하면서 가장 힘든 것은 자존감이 낮아진다는 것이다. 열심히 한다고 바로 성과가 눈에 띄는 것도 아니고, 내가 잘하고 있는지 확인할 길이 없다. 오직 결과로만 평가받는데 시험에 떨어지면 '노력하지 않은 것'이 되고 만다.

3년을 기약하고 도전한 시험에서 연달아 쓴맛을 보았을 때 이미 서른을 넘겨버렸다. 이젠 꿈만 좇기에 너무 지쳐버렸다. 누구보다 열심히 살았다고 생각했는데 아무것도 아닌 것 같은 나 자신이 너무 싫었다. 공부에 집중하기 어렵고, 아무 생각도 하기 싫을 땐 손에 잡히는 책을 읽었다. 이때는 막노동꾼 출신으로 서울대에 합격하여 화제가 되었던 장승수 님의 《공부가 가장 쉬웠어요》, 고승덕 변호사의 《포기하지 않으면 불가능은 없다》, 서진규 님의 《나는 희망의 증거가 되고 싶다》 같은 책을 주로 읽었다.

참 신기하게도 세상은 나에게 안 된다고 말하는데 책은 언제나 된다고, 할 수 있다고 말해주었다. 그래서 포기하기가 더 어려웠는지도 모른다. 책은 자꾸 나에게 실낱같은 희망을 품게 했다. 이 시기에는 《시크릿》처럼 긍정적 메시지를 주는 책도 많이 읽었는데 책을 읽으며 긍정적인 생각을 유지하고 멘탈 관리를 하는 데 도움이 되었다.

그전까지는 '안 되면 어떻게 하지?' 하며 불합격한 모습을 미리 걱정하고, 부정적 생각을 많이 했다. 그러나 독서를 하면서는 미래를 구체적으로 생생하게 그리고, 마음을 다잡으며 공부할 수 있었다. 지금까지 시험에서 실패했지만 그 과정까지 실패는 아니라고 생각했다. 그동안의 경험들이 내 안에 차곡차곡 쌓여있다는 믿음으로 도전을 이어 나갔다. 그리고 거짓말처럼 합격을 했다. 꿈이 이루어지는 순간이었다.

이제 교사가 된 지 12년 차가 되었다. 크고 작은 어려움을 마주하기도 했지만 교사가 된 것을 후회해 본 적은 단 한 번도 없다.

미래는 알 수 없기에 불안하다. 그러나 그때마다 책을 통해 그

길을 먼저 가 본 사람들의 이야기를 들으려고 했다. 그 이야기들은 나의 불안을 잠재워주고 나를 응원했다. 살면서 매번 옳은 결정과 선택을 할 수는 없다. 그러나 그때마다 큰 그림을 그려보려고 한다. 지금 당장 내 앞의 문은 닫혀있으나 인생이라는 큰 그림에서는 다른 문이 나를 기다리고 있을지 모른다. 그리고 방법을 모르겠거나 마음이 불안하다면 나를 잡아줄 수 있는 책을 찾아보기로 했다. 그 결과 현재와 타협하기보다 도전하는 쪽을 선택했고 내 선택을 지지해주는 책을 만날 수 있었다. 눈앞이 캄캄할 때마다 내 앞의 등불이 되어 한 걸음씩 나아갈 수 있게 도와준 책, 이것이 내가 책을 사랑하는 이유이다.

07

외계어를 아는 사람

[쓰꾸미]

"면접 시간에 괴로웠지요? 사과부터 드립니다."

2024년 5월 14일 신입 인턴사원 면접을 진행하였다. 면접 동안 지원자에게 업무 중 마주칠 수 있는 문제를 가정하여 행동 방안에 대해서 질문하고, 지원자들의 생각과 자세를 확인하고 평가하는 면접이었다. 지원자 답변 사항 중에 논리적인 허점을 찾고, 일부러 갈등을 만든다. 그리고 지원자의 반응을 관찰하고 답변이 회사 방향과 맞는지 확인하였다. 면접 동안 지원자를 땀도 흘리게 하고, 얼굴색도 변하게 했다. 그렇게 서로가 첫인상을 불편한 관계로 시작하였다.

2달 뒤, 사내 신입 인턴 교육을 진행하였다. 교육을 시작하기 전에 첫 문장과 같이 바로 사과하고, 고개를 숙였다. 주제는 신입직원이 알아두면 좋을 것들을 모아 교육했다. 이메일 작성하는 방법, 컴퓨터 파일 정리하기, 인턴사원이 하는 일과 회사 추구하는 일의 방향을 대하는 자세, 엑셀 사용에 대한 중요도 등. 내가 신입사원이었을 때에 누군가 들려주었으면 하는 사항을 주제로 선정했다. 오히려 교육 자료를 만들고 교육하는 중에 내가 왜 이 직업을 선택했는지 생각해 볼 수 있는 시간이었다.

　난 '시운전 엔지니어'다. 시운전은 플랜트 장비와 시스템이 설계한 대로 잘 작동하는지 확인하는 마지막 단계이다. 시운전 중 플랜트가 목적에 맞게 작동할 수 있도록 기계, 전기, 제어 시스템이 각각 원활하고 조화롭게 운전되는지를 확인하고, 예상하지 못한 문제가 발견되면 해결해야 한다. 시운전은 플랜트를 준비된 상태로 만들어 상업 운전하기 직전까지, '리허설'과 같다. 이를 통해 플랜트는 제대로 된 출발을 할 수 있고, 안정적이며 효율적으로 운영할 수 있는 품질을 발주자에게 제공한다.

　회사에서 지금까지 이 일을 맡게 된 것은 우연이었다. 그 우연한 계기로 17년이 지난 지금도 시운전을 업으로 받아들이고 근무하고 있다. 2008년 3월 근무지를 배정받았다. 그 당시에는 입사 직군 구분은 단순했다. 기계, 전기, 계장, 관리, 법무 등. 단순하게 뽑은 뒤 상세 업무로 배치되었다. 군시절이 생각났다. 일단 입대하고 나서 정확한 근무지와 보직을 받는 느낌이었다. 면담 3분 만에 카타르에 발전소와 담수 설비를 같이 건설하는 프로젝트에 배치되었다. 프로젝트 준비팀 사무실은 본사가 아닌 목동이었다. 양복을 입고 사무실로 출근을 시작하니, 사회인이라는 실감이 났다.

　"잘 왔다. 빈자리 있으면 알아서 앉아봐."

　첫 사무실 출근에서 이 부장의 환영 인사와 자리 배치에서 지금 하는 일과 처음 만났다. 요즘 신입사원들이라면 믿지 않은 인사 배치겠지만, 그렇게 시운전이라는 직업을 갖게 되었다. 지금 생각해 보면, 내가 시운전이 천직이라고 생각하면서 선택한 것이 아니라, 하다 보니 천직이 된 것 같다. 다음의 천직도 이렇게 우연히 생길 수 있도록 글을 쓰고 있다.

아무런 준비도 사전 지식도 없이 업무를 시작하게 되었다. 신입사원이었을 때 적응하기 힘들었던 사항 중 하나는 바로 업무에 적용해야 하는 언어를 배우며 정체성을 바꾸는 기간이었다. 업무에서 사용하는 언어는 외계어에 가까웠다. 빈 책상에 계약서 중 한 권을 주었다. ITB였다. Invitation To Bidder. 입찰 초청서다. 건설업은 수주 기반의 비즈니스를 하므로 수주 활동이 중요하다. 목적물에 대한 요구 사항, 계약 사항 등을 포함한 문서가 ITB이다. 용어를 잘못 알아들은 경험도 있다. 공무를 담당하는 손 부장이 LD가 얼마냐고 한다. 큰 연관이 없어 보이는 음반과 관련한 LP와 CD는 들어봤어도 LD는 처음 들었다. Liquidated Damages. 공사가 지체되어서 인도일이 지연되는 경우에 계약자에게 부과되는 벌금을 뜻한다. 우리나라 말로 '지체보상금'이다. 그 어디에서 지체라고 하는 Delay에 대한 단어가 없다. 그때 계약 관련 용어만 모르는 줄 알았다. 나름대로 대학교 성적이 좋았고, 4대 역학도 무난하게 잘 수강했으니 기술 용어에 대해서는 잘 알 줄 알았다.

'bus'를 뭐라고 읽는가? 버스? 나 역시 버스라고 처음 읽었다. 그리고 주변에서 놀림을 당했다. 타고 다니는 버스와 스펠링이 같지만, 전기 설비에서는 '부스'라고 읽어야 한다. 이 용어를 처음 접했을 때 나는 발전소에 버스가 왜 필요한지 궁금했다. 지금 부스가 전기를 잘 분배시키기 위해서 사용하는 구리나 알루미늄 막대를 뜻하는 것을 안다. 그때에는 이러한 언어 사용 차이를 몰랐다.

발전소에서 사용하는 언어도 영어, 약어, 한자 모두 알아야 했다. 예를 들어서, HRSG는 Heat Recovery Steam Generator의 약어이다. 한국어로 바꾸면 배열회수보일러이다. 보일러도 영어인데, 실제 영어에서는 보일러가 들어가지 않는다. 일부 영국인들은 '허식'이라고 읽기도 한다. 똑같은 대상인데, 편리에 따라 각자 부르고 싶은 대로 사용한다. 상황에 따라 다르게 이야기하는 생소한 용어를 전부 알아듣고 반응해야 하니, 외계어 통역관이라도 된 느낌이었다. 그렇게 2008년은 내 언어체계가 다시 태어난 해라고 해도 무리가 없었다.

회사에 다니고 있으면서 착각한 부분이 있었다. 회사에서는 내가 모르는 일에 대해서 친절하게 하나하나 설명해 주지 않는다는 점을 깨달았다. 학교에서 가만히 있어도 선생님이 먼저 다가와 알려주던 문화에 너무 익숙한 나머지, 누군가가 나를 위해서 교육해 주어야 하는 것을 자연스럽게 요구하고 있었는지도 모르겠다. 이제는 본인이 알아서 배워야 한다는 분위기에 익숙해졌다. 그러나, 신입사원 때에는 위기였다.

계약 용어를 알아야 업무를 올바른 방향으로 진행할 수 있다는 것 알았다. 그리고 FEDIC Sliver Book을 구해서 보았다. 현재 공사를 진행하고 있는 '턴키 프로젝트'라고 하는 설계부터 준공 이후에 발주처에 키를 넘기는 방식에서 사용하는 계약 용어를 알기 위해서 공부했다. 외계어 계약 용어 공부가 기반이 되면서 하도급 계약과 더불어 컨소시움의 계약서 등 공사 형태에 따라 다르게 진행되는 계약 용어와 형태에 대해서 이해하게 되었다.

회사 선배들이 한국발전교육원에서 교육받은 자료를 회사 서버에서 찾았다. 그 자료를 조금씩 프린트하면서 출퇴근 시간에 봤다. 용어에 익숙해지기 위해서 중얼거리며 보았다. 자주 보니 용어에서 친숙을 넘어 이름에서 의미가 있다는 것도 보였다. 그리고 의미를 알게 되니 왜 그런 이름을 선정하게 되었는지, 설계 기준을 알기 위해서 필요한 지식을 자연스럽게 찾게 되었다.

처음 맡겨진 업무가 엑셀로 우리 팀 예산을 작성하는 업무였다. 대학생 때 배운 것은 엑셀이 아닌 공학용 계산기와 종이로 계산하는 것이었는데, 낯설었다. 스트레스가 쌓였다. 모든 업무가 미숙하니, 단계마다 내가 앉아 있는 책상과 다른 줄에 앉아 있는 김선배에게 의지했다. 김선배가 바쁘면, 내 업무도 속도가 나지 않았다. 집에 와서 친누나에게 물어봤다. 엑셀을 어떻게 하면 잘할 수 있는지. 누나는 나에게 엑셀과 관련된 책 한 권을 소개해 주었다. 기억이 잘 나지 않으나, 무작정 따라 하면 엑셀을 할 수 있다는 그런 제목이었던 것 같다. 그 책과 함께 나는 리비아로 해외 OJT (On the Job Training)을 한 달간 외국 생활했다. 일과 이후, 그 책을 활용해서 엑셀의 기능을 배우고, 연습해서 한국으로 돌아올 수 있었다.

독서는 역량의 확장과 성장을 가져온다. 새로운 분야에서 일을 시작하면, 사용하는 언어를 다시 배워야 한다. 그것이 외계어라고 하더라도, 그 분야에서 성과를 내기 위해서 빠른 방법이 독서라는 것을 안다.

나는 글을 쓰는 사람으로 근무 시간 이후의 삶을 살아간다. 재테크, 세금, 문해력, 글쓰기, 자기 계발 등 내 꿈을 이루는 데 필요하다는 것을 읽는다. 그리고 읽은 것들을 내 방식대로 글로 쓰고 성장하는 사람이 되고 싶다. 그렇게 읽기, 쓰기를 모두 삶과 연결하다 보니 2024년에는 회사에서 팀장도 하고 있다. 이 글을 쓰는 이때, 회사 업무에서 해결해야 하는 업무가 생겨서 베트남 장기간 출장이 예정되어 있다. 만약 내가 독서를 통해서 성장할 수 있다는 것을 몰랐다면, 수락하기 힘들었을 것이다. 읽었던 책에서 새로운 일을 맡는 것이 도전이자 성장할 수 있는 기회라는 것을 알았기에, 책임이라는 무거운 짐을 감당하고 결정할 수 있다. 내가 이렇게 책에서 답을 찾는 이유는 나보다 먼저 경험한 작가가 본인의 경험과 방법을 나에게 책을 통해서 나누어 주기 때문이다. 그렇기에 문제가 생기면 해결책을 찾기 위해 책이나 메모부터 찾는다. 그리고 나에게 맞는 방법을 찾고 적용한다.

08

초등교사는 아무나 하나
[유혜경]

　누가 예상이나 했을까? 내가 초등학교 선생님이 될 거라고? 나는 자유로운 영혼이었다. 중학교 2학년이 될 때까지는 크게 공부에 관심도 없었다. 성적도 반에서 중간이 될까 말 까였다. 그런 나를 중학교 1학년 짝꿍이 어느 날 통째 흔들어 놓았다. 나에게 지나가는 말로 심장을 때렸다. '야, 너, 공부 못하잖아.' 나는 반박하지 못했다. 사실이니까. 그런데 아무렇지도 않을 것 같던 내 기분이 무겁게 내려앉았다. 그때까지 나는 자신을 그저 평범한 중학생 중 한 명이라고 생각하고 있었다. 그런데 친구가 나를 '공부 못하는 아이'라고 낙인찍는 순간, 내 존재는 그 단어 안에 갇혔다. 그 길로 태어나서 처음으로 문방구로 가서 공책과 볼펜 몇 개를 샀다. 생각보다 공부가 재미있었다. 그리고 머지않아 중간고사를 치렀고 나는 아슬하게 평균 90점을 넘지 못해 성적우수상을 받지 못했다. 89.5점. 우수상과는 0.5점 차이였다. 다음 시험인 기말고사에서 가뿐하게 평균 90점을 넘기고 반에서 2등이 되었다. 그렇게 중학교 3학년으로 진학했고 새롭게 만난 선생님과 친구들은 나에게 이유 없이 친절했다. 어린 나는 더욱 공부를 잘하고 싶어졌다. 그렇게 고등학교 3학년이 되었다. 1년 내내 반에서 1등을 놓쳐본 적이 없다. 공부가 제일 쉬웠다.

그런데 수능을 망쳤다. 수능을 치고 다음 날 등교했다. 이런. 나를 제외하고는 주변 친구들 모두 평소 모의고사 점수보다 수능 점수가 20점가량 올라 있었다. 내 점수는 400점 만점에 375점이었다. 딱 내 모의고사 점수만큼 나왔다. 내 옆에 앉은 짝은 모의고사 350점을 왔다 갔다 하던 친구였는데 370점을 받았다. 내 뒤에 앉은 친구는 늘 모의고사 300점 언저리 받던 아이가 340점을 맞았다. 물수능이었다. 결과가 내 실력이라고 생각하니 자괴감이 들고 어떤 의욕도 일지 않았다. 원래 나는 정치 외교학과나 심리학과에 진학하고 싶었다. 엄마는 서울에 있는 국립대라면 보내줄 수 있다고 했다. 내 점수는 서울대 정치외교학과에 턱도 없는 점수였다. 엄마는 재수는 없다며 교대에 특차로나 지원하라고 하셨다. 집 가까운 부산교대나 진주교대로 가라고 했다. 둘 중 특차 날짜가 더 빠른 진주 교대로 지원했고 합격했다. 자존심이 상했다. 그렇게 겨우내 죽은 듯 조용한 겨울나무처럼 겨울을 힘겹게 보내고 봄이 되었다. 일단 교대 입학은 하지만 졸업하고 절대 교사는 안 하겠다고 엄마에게 큰소리쳤다. 진주 신안동 언덕배기에 있는 기숙사가 나에겐 창살 없는 감옥 같았다. 4학년이 끝나갈 때가 되어가자 임용을 준비해야 했고 다른 대안을 만들어 놓지 않은 나는 밭에 끌려가는 소처럼 '음매' 하며 코를 꿰어 임용고시 공부하기에 이르렀다. 교대를 졸업하고 보란 듯이 다른 진로로 가보겠다고 호언장담했던 내 말은 그즈음 쏙 들어갔다. 그나마 진주교대 원어민 영어 회화를 담당하는 캐나다 원어민 교수 션텔과 절친이 되어 4년을 외롭지 않게 보냈다. 션텔의 고향인 캐나다 토론토 옆 세인트 캐서린(Saint Catherine) 션텔 엄마 댁에 방학을 이용하여 같이 다녀오기도 했다. 그나마 영어와 션텔이 교대에서 버틸 수 있게 했던 나의 유일한 숨통이었다. 2005년, 어찌어찌 첫 발령을 받았다. 진해였다. 엄마 집과 차로 20분 거리였다. 하늘색 중고 마티즈를 300만 원에 구입했다. 얼마 안 가 출근길에 교감 선생님 차량 뒤꽁무니를 박았다. 기어를 N과 D와 P에 놓는 것도 헷갈리던 때였다. P에 놓아야 할 기어를 N에 놓았다. 나의 하늘색 딱정벌레는 교감 선생님의 차에 슬금슬금 다가가 부딪혔다. 연식이 좀 있는 크레도스 차량이었다. 큰일 났다 싶었다. 교감 선생님께 죽을죄를 지은 사람처럼 다가가 죄를 아뢰었다. 교감 선생님께서 '괜찮다.' 하셨다. 마음속으로 '휴우, 살았다.'를 외쳤지만 내 인생은 땅으로 곤두박질치고 있던 때였다. 교직 생활은 맞지 않는 옷이었다. 매일 반복되는 정해진 일과는 답답했고 딱딱한 교육과정은 너무나 숨 막혔다. 그런 나에게도 기회가 주어졌다. 담임교사 대신 영어를 가르치는 영어 전담에 배정된 것이었다. 영어는 나의 치트키다. 내가 중학교 시절부터 내가 애정하며 끼고 살아온 내 주무기다. 그해 학교에 도착하는 공문 중에 뭐가 뭔지 모르겠지만 '영어'라는 글자만 붙어있으면 다 한다고 했다. 결국 시범학교가 뭔지도

읽고 일하며 살아간다

모르고 영어 시범학교를 운영해 보겠다고 덤벼들었다. 하지만 우당탕탕 일 처리가 늦고 미흡해 많은 사람들에게 피해를 주었고 겨우 연구 보고 사례를 발표했지만 숨이 턱 끝까지 차오르는 느낌으로 불안불안한 마무리를 했다. 영어고 뭐고 조만간 교사를 그만두는 게 옳다고 생각했다.

그리고 2011년 엄마가 되었다. 만 28살이었다. 엄마가 된 것은 이제껏 내가 살면서 해온 여러 가지의 일 중에 가장 잘한 일이다. 아이는 내 마음대로 되지 않았다. 내가 원하는 시간에 일어나지도, 먹지도, 자지도 않았다. 처음에는 그것이 너무나 큰 스트레스였다. 내 타이밍에 아이를 맞추기 위해 애썼고 그렇게 되지 않을 때는 화가 났다. 아이가 미워 보이기도 했다. 하지만 시간이 지나면서 깨달았다. 아이는 아이만의 시계가 있다. 내 시계에 그 아이를 억지로 끼워 맞출 수 없다. 나는 아이의 엄마지만 아이의 인생을 마음대로 주무를 수 있는 권리는 없다. 그렇게 생각하자 아이와 함께하며 그녀가 나에게 보여주는 손짓, 몸짓, 까르르 넘어가는 웃음소리는 선물 같았다. 주하가 두 돌이 될 즈음 복직했다. 내가 만난 반 학생들은 그전과는 다른 모습이었다. 아니 그들을 바라보는 내 눈이 확연히 달라져 있었다. 내 눈앞의 아이들 하나하나 특별했다. 그들 모두 부모가 선물로 받은 소중한 존재라는 걸 알게 되니 이런 귀한 아이들을 보내주신 부모님들께 감사했다. 진정으로 고마웠다. 이제 교실은 더 이상 나에게 낯설고 답답한 곳이 아니었다. 오히려 나의 놀이터가 되었다.

2024년 3월. 오랜 쉼 끝에 다시 교단으로 돌아왔다. 이번에 만난 학생들은 나와 여러 가지 프로젝트를 진행하며 성장하는 중이다. 아침이 되면 새로운 소식으로 가득 찬 조간신문을 들고 출근하기 위해 집을 나선다. 내 반에서 1교시 시작 전 아침 시간은 글쓰기 시간이다. 아이들은 프로 작가가 된 마냥 교육청에서 제공받은 노트북을 폼나게 열고 타닥타닥 키보드를 두드리며 각자의 글을 매만진다. 사뭇 진지한 얼굴들에 나는 오늘도 반한다. 우리는 독자이자 작가로 문학 살롱에 온 듯 낄낄대며 서로의 글을 읽고 빠져든다. 키보드를 두드리는 조용한 교실의 적막을 깨고 한 아이의 피드백이 돌아온다. "우와, 준서야, 너 진짜 잘 썼다." 또 다른 쪽에서는 "현지야, 네 글은 너무 긴데? 줄이는 거 어때?" 하며 솔직하고 악의 없는 팩폭을 날린다. 하지만 서로 상처가 되지 않는 선에서 적당하게 피드백을 주고받는다. 나의 교실 철학은 상대를 배려하는 '교양'이 기본 덕목이기 때문이다. 글이 주는 위로와 감동을 맛본 사람은 SNS 따위가 시시하다. SNS라는 얄팍함이 더 이상 견디기 어려워지기 때문이다. 나를 거쳐 간 학생들이 다른 건 몰라도 나의 책 사랑은 배워 갔으면 좋겠다. 아이들 덕분에, 책 덕분에 이제는 더 이상 교사라는 직업을 놓고 싶지 않다.

우리는 모두 끝이 있는 여정인 삶을 여행 중이다. 오르막을 숨 가쁘게 올라가는 날도, 흐린 하늘처럼 마음이 울적한 날도, 세상이 나를 좌절로 주저앉히는 날도 있을 것이다. 하지만 책과 함께

라면 지혜와 통찰을 노 삼아 삶이라는 바다를 유연하게 파도를 타는 듯이 헤쳐나갈 수 있지 않을까? 무엇보다도 책이 곁에 있으니 나는 책의 저자들, 그리고 책에 나오는 주인공들과 함께다. 사무치게 외로운 날은 서점으로 가자. 당신이 그곳에서 영혼을 어루만지는 한 마디를 찾을 수 있기를 바란다. 그날, 그때의 나처럼.

09

엄마에서 사업가로

[윤보라]

　육아하기로 결심한 후 7년 동안 다니던 직장을 그만두었다. 결혼 후 아이가 생기지 않아 인공수정, 시험관을 하며 아이들을 어렵게 낳았다. 귀한 만큼 사랑스러웠고 잘 키우고 싶었다. 육아는 친정엄마에게서 배운다는 말을 들었다. 그런데 나의 엄마는 어린 나이에 나를 낳고 아빠와 함께 일하느라 육아는 잘 몰랐다. 나와 동생을 친가, 외가에 번갈아 맡기며 키우셨던 엄마는 육아에 있어서는 초보와 다를 바가 없었다. 그나마 9남매를 형제로 두신 친정 아버지 덕분에 고모, 삼촌이 자녀를 기르는 것을 지켜본 것이 도움이 되었다. 사촌 동생이 갓난아기일 때 이모가 젖병을 뜨거운 물에 담가 소독하던 장면, 끙끙대며 기저귀에 응가를 하면 그것도 예쁘다며 사랑스러운 눈빛으로 쳐다보던 장면, 아기를 품에 안고 토닥토닥 트림시키던 장면까지 생생하게 떠올랐다. 결혼하고 아이 낳아 기르며 어렸을 적 어깨너머로 보아오던 그 장면이 익숙해 아이 육아에 대한 부담을 줄일 수 있었다. 그런데 그렇게 곁눈질하며 배운 육아법은 아무래도 한계가 있었다. 육아서를 찾아 읽기 시작했다. 육아서가 마치 베스트셀러 소설을 읽는 것처럼 재미있었다. 내가 어렸을 적 겪었던 트라우마, 홀로 스스로 자라야 했던 어린 시절의 상처를 아이들에게 그대로 물려주면 안 되겠다는 생각에 더 많은 육아서를 구해 읽기 시작했다. 육아에 어려움이 있을 때마다 필요한 책을 구매하고 읽다 보니 아이 잘 기르는 법만 알 수 있었던 것이 아니라 서늘하고 뻥 뚫려 있던 내 마음이 달래지는 것 같았다. '그래, 잘하고 있어!', '아니야. 이건 다시 해보자', '어? 이 방법 좋은데?' 읽으면서 실행하는 책 육아에 빠져들기 시작했다.

육아서에서는 아이에게 독서가 중요하다고 했다. 그래서 아이를 잘 키우고자 하는 목표가 있었던 나는 필요하다고 생각한 책들을 찾아 읽었다. 그렇게 읽은 육아서는 나의 독서력을 올려주었다. 그리고 아이들을 위해 동화책을 집에 사서 책장에 꽂기 시작한 것이 현재는 5,000여 권이 넘는다. 아이들을 위한 많은 책을 사다 보니 다양한 출판사의 책을 접하게 되었다. 아이들에게 특히 프뢰벨 출판사의 책을 많이 접해주었다. 그러다 블로그에 프뢰벨 책에 관련 글을 몇 개 올렸는데 그것을 보고 신규로 출시할 책에 관한 품평단에 참여해보라고 프뢰벨 본사에서 연락이 왔다. 그렇게 호기심에 참여한 프뢰벨 본사 품평단에서 세 번 중에 두 번 수상을 하고 마지막에는 최종상까지 받는 영광을 얻었다. 광주에서 아이 키우는 초라했던 경단녀 엄마가 프뢰벨 서울 본사에서 상을 받는 경험을 하고 나니 나도 뭔가 잘하는 게 있다는 생각에 성취감을 느낄 수 있었다. 그때부터 아이들에게 더 많은 책을 접하게 해주고 싶었다. 책 살 돈을 벌기 위해 북 세일즈를 시작했다. 대학을 갓 졸업했던 사회 초년생 시절에 금융회사를 다니며 해봤던 영업이 너무 힘들다는 걸 알고 있어 세일즈를 선뜻하기 어려웠지만 아이들을 위해 일을 하게 되었다. 새 책이 집에 들어올 때마다 너무 기분이 좋았다. 책만 봐도 배가 부르고 책의 냄새도 너무 좋았다. 아이들 책을 사주기 위해 일하는 시간이 나에게는 힐링처럼 느껴졌다.

2019년, 두 딸이 커서 열 살, 일곱 살이 되었을 때 막둥이 아들 하나가 생겼다. 터울 진 막둥이는 이미 육아는 끝났다고 생각하던 나를 새로운 마음으로 육아에 다시 뛰어들게 했다. 남편은 시댁 사업을 돕느라 사계절 중 여름에만 잠시 집에 들렀던 사람이라 막내 육아는 오롯이 나의 몫이었다. 독박 육아만으로도 힘들어하며 겨우 일도, 육아도 해나가고 있던 차에 예기치 못한 코로나로 힘든 시국을 맞이했다. 코로나로 학교에 가지 않는 두 딸과 막 돌이 지난 막내아들을 집에서 챙기며 극한의 힘듦을 맛보았다. 힘들다는 말로는 표현이 안 될 만큼 힘들었다. 그 시간이 유독 힘들게 느껴졌던 이유는 나 혼자만의 시간을 가질 수 없었기 때문이었다. 혼자 감당해야 하는 살림과 육아도 너무 힘겨웠지만, 책을 읽으며 나의 영혼을 채우는 시간, 책과 멀어져야 하는 시간이 길어져서 내가 우울했다는 것을 코로나가 끝나갈 때쯤 알게 되었다. 막둥이가 어린이집에 나가기 시작하며 다시 여유를 찾기 시작했다. 사람들과 소통을 하며 천천히 밖으로 움직이기 시작했을 때

읽고 일하며 살아간다

지인에게 연락이 왔다. 독서 프로그램에 대해 설명을 해주며 책과 아이들 교육에 관심이 많아 보이니 좋은 사업 같다고 같이 들으러 가자고 제안을 했다. 전라도에서 3시간 가까이 걸리는 창원까지 찾아가 사업설명회를 들었다. 그것은 내가 그토록 찾아 헤매던 독서법에 대한 설명이었다. 큰아이가 독서학원에 다니고 있었지만, 항상 뭔가가 부족한 것처럼 느껴졌었다. 그 부족하다 여겼던 것의 해답을 찾기 위해 여기저기 기웃거렸었는데 창원에 와서 드디어 답을 찾을 수 있었다. '공부 잘하는 아이들은 책을 많이 읽는다'라는 말에 공감해 아이들 책에 많은 돈과 시간을 썼다. 나 또한 독서력의 부족함으로 공부에 애를 먹었기 때문에 아이들에게 독서 환경을 충분히 제공해 주고자 했던 것이었다. 그러나 사업설명회를 듣고 나니 '공부를 잘 하는 데 독서가 필요한 거지 독서를 잘한다고 공부를 잘하는 건 아니다'라는 것을 깨달았다. 독서도 공부가 될 수 있게 훈련하면 된다는 콘텐츠 사업, 도전 의지가 생겼다. 나의 아이들을 떠올리며, 우리 아이들에게 해주고 싶은 마음이 생겼다. 그리고 아직 어린 막둥이는 독서를 통해 공부를 잘 시켜보고 싶은 생각에 남편과 상의도 없이 계약서를 작성하고 내려왔다.

"이 사업 하고 싶은데 하게 해주라" 남편에게 의향을 내비치자 남편은 "꼭 이거 해야 해? 그냥 애들만 키우고 집에 있으면 안 돼?" 하고 싫은 내색을 했다. 꼭 하고 싶다는 나의 말에 다른 대답 대신 계약금을 주기로 약속했었다.

일주일 뒤, 그 계약금을 납부하기로 한 날, 남편은 심장마비로

제1장. 나는 직업인입니다

갑작스레 하늘나라로 가버렸다. 애 셋을 놔두고, 모든 일을 다 나에게 남기고 아무 말도 없이 하늘로 떠나버렸다. 하늘이 무너지는 것 같았다. 신이 있다면 욕이라도 실컷 해주고 싶었다. 열일곱 살에 아버지를 여의고 스물한 살에 캠퍼스 커플로 만난 남편과 결혼하면서 아빠 손을 못 잡고 결혼식장에 들어갔기 때문에 꼭 우리 아이들은 아빠 손 잡고 결혼식장 들어가야 한다며 건강관리 잘하고 오래오래 행복하게 살자 신신당부했었는데 나는 마흔 살에 남편을 잃은 과부가 되어버렸다. 넋을 놓고 있을 때 계약서를 썼던 독서프로그램 회사에서 연락이 왔다. 결정해야 했다. 이 사업 꼭 해야 하냐는 남편의 말이 귓가에 맴돌아서 그만둘까 생각했지만 이제 나는 생계를 책임져야 하는 가장이라 생각하니 포기할 수 없었다. 시어머님께 이 상황을 이야기했더니 시어머님이 남편 대신 계약금을 내주셨다. 어머님이 주신 계약금으로 이 일을 시작하게 되었고 나는 책동클럽 광주·전남 본부장이 되었다. 운 좋게도 시작과 동시에 여러 원장과 함께 일하게 되었다. 관리해야 하는 원장들이 많은 만큼 나도 리더로서 성장이 필요했다. 초보 본부장이었기에 주어진 상황과 과제들이 버거웠지만 주어진 과업들을 수행하는 것에 집중했고, 원장들에게 꼭 필요한 본부장이 되기 위해 내 사업에 대해 공부하고 노력을 기울였다. 원장들의 성장이 곧 나의 성장임을 알기에 최선을 다해서 원장들과 소통하고 도와드리려 노력했다. "아는 것은 아낌없이 알려드리고 모르는 것은 다른 사람에게 물어봐서라도 알려 드릴 테니 저에게 꼭 물어보세

읽고 일하며 살아간다

요." 내가 가장 자주 하는 말이었다. 원장들이 원생 상담에 대해 문의를 할 때마다 그 상황에 맞게 답변을 해드리고 등록으로 갈 수 있도록 조언했다. 원생 등록에 성공했다는 소식을 들을 때마다 내가 상담에 재능이 있다는 생각을 하게 되었다. 어려서부터 많은 어른들과 소통을 하고 친구들의 고민 상담을 들어주었던 것들이 지금 나의 특기 중 하나가 되어 있었다. 나의 경험들과 독서의 영향으로 나에게 숨겨져 있던 능력이 지금의 일을 만나 폭발적으로 성장한 나를 증명할 수 있었다. 지금 광주·전남 산하에 많은 원장들을 관리한다. 최근에는 학원을 개원해서 내가 아끼고 사랑하는 올케와 같이 일하고 있다. 본부 운영과 더불어 학원 실무를 하나하나 배워가는 중이다. 홍보, 영업, 교육, 경영, 이 학원 사업은 어느 한 분야도 놓쳐서는 안 되는 1인 기업가가 된 것이다. 앞길이 막막해 어떻게 해야 할지 몰라 하던 아이 셋의 엄마였던 내가 지금은 광주·전남본부장이자 책통클럽의 원장이 되었다.

제1장. 나는 직업인입니다

10

어쩌다 보니 교사, 천직을 찾았다
[정교윤]

나는 경기도에 있는 이름도 처음인 사범대에 들어갔다. 초등학교 선생님이 되고 싶었지만, 점수 높은 교대는 꿈도 꾸지 못했다. 서울 신촌에 살고 있는 언니와 함께 살기 위해 신촌에서 통학이 가능한 학교를 골라야 했다. 언니 집에서 바로 코앞에 있는 연세대에 들어가면 좋았겠지만, 경기도에 있는 대학에 들어갈 수밖에 없었다. 그렇게 기대했던 나의 대학 생활은 즐겁지 않았다. 매일 새벽 5시에 신촌역에서 지하철을 타고 교대역에 내려서 통학버스를 타고 한 시간 이상을 더 갔다. 집 앞에 있는 연세대도 못 갔고 매일 통학버스를 탔던 교대도 못 간 내가 너무 싫었다.

대학 동기들은 모두 화사하고 생기가 넘치는데 나는 항상 우울했다. '너, 가만히 있으면 화난 것 같아. 인상 좀 펴.' 남자 선배가 내게 한 말이다. 나는 이 말을 듣고 내 표정이 좋지 않다는 것을 처음 알았다. 이날 이후로 애써 밝은 표정을 지었지만 내 얼굴은 점점 더 어두워졌고 선배가 저 멀리 보일 때만 입꼬리를 올렸다. 이 대학에서도 열심히만 하면 중등교사가 될 수 있었다. 하지만 이 학교에 다니는 내가 부끄러웠고 누구에게도 학교 이름도 말하지 않았다.

우연히 다른 과 학생을 알게 되었는데 이 친구는 여행을 좋아했다. 방학 때마다 배낭여행을 다녔고, 동남아에서 유럽, 미국까지 안 가본 데가 없었다. 이 친구를 만날 때마다 여행담을 들었다. 내 심장은 두근거렸다. 대학생의 낭만인 배낭여행 자체에 설렜던 것보다는 지금 내 삶에서 벗어날 수 있다는 희망 때문이었다. 그해 나는 이 친구가 추천한 인도로 배낭여행을 떠나게 되었다. 이 여행의 엉뚱한 시점에서 초등교사의 꿈을 갖게 되었다.

처음 떠나는 배낭여행을 인도로 가다니, 무슨 용기였는지 지금 생각하면 아찔하다. 인도는 개발되지 않은 곳도 많았고 낙후된 지역도 많았다. 사촌 여동생과 함께 갔기에 용기를 낼 수 있었지만, 책임감도 컸다. 인도도 환경이 좋고 잘 사는 도시가 있다는 것은 여행을 갔다 와서 알게 된 사실이다. 배낭여행이 고생하는 여행을 함축하는 단어도 아닌데 가난한 여행자처럼 돌아다녔다. 몇천 원 차이의 숙소도 신중히 골랐다. 감옥 같은 방에 자기도 했다. 그랬기에 여자 둘이 다니는 것이 더 위험하다고 느꼈다. 눈이 부리부리하고 얼굴이 까무잡잡한 인도 사람들이 무서웠다. 우리는 한국인이 운영하는 게스트하우스에 머물면서 한국인 동행자를 찾기 시작했다.

이 모든 것은 운명이라 생각한다. 로비에서 아침 식사를 하고 있는데 옆에 한국인 남자 두 명이 오늘 일정에 관해 이야기를 나누고 있었다. 나는 그들에게 오늘은 어디로 가느냐는 말로 대화를 시도했고 동행을 부탁했다. 남자 둘과 다니는 여행은 안전했고 편안했다. 이 둘은 대학 선후배 사이였다. 선배라는 사람은 덩치가 컸고 산적같이 생겨서는 국적을 알 수 없는 옷을 입고 다녔다. 든든했다. 후배라는 사람은 나와 동갑이었는데 멸치같이 가늘고 여자같이 하얀 피부를 가졌다. 둘이 잘생겼더라면 썸이라도 탔을 텐데 정말 든든한 동행자인 것이 다행이었다. 선배는 털털한 아저씨같고 구수한 경상도 사투리를 썼다. 재미있는 이야기도 많이 해 주고 유쾌한 시간을 보내고 있었다.

즐거웠던 시간도 잠시, 내 말수는 점점 줄어들었다. 둘은 교대에 다니고 있었고 아직 교사도 아닌데 교사가 된 것처럼 학교에 관한 이야기를 신나게 주고받았다. 나와 사촌 동생은 그때마다 입을 다물었다. '아, 너희들은 모르겠지만'이라는 말로 시작하는 이 선배의 말이 우리를 무시하는 것 같았다. 서울 교대 앞에서 다른 학교 통학버스를 타고 다니며 힘든 시기를 보냈기에, 교대에 다니는 두 남자가 너무 부러웠다. 세상을 다 가진 사람처럼 보였다. 어느 대학에 다니냐는 말에 안 가르쳐 준다고 말한 내 자신이 부끄럽고 화도 났다. 어느 순간 내 속에 '두고 보자. 나도 교대 간다!'라는 분노 섞인 목표가 생겼다. 여행을 무사히 마치고 돌아와 바로 자퇴했고 재수를 시작했다.

수능 공부라는 것이 말 그대로 수학 능력 평가이기에 몇 개월 공부한다고 해서 월등한 성적을 받을 수 있는 건 아니다. 지금까지 학창 시절에 다방면으로 쌓아온 지식, 문제해결 능력, 독해력 등을 모두 갖추고 있어야 높은 성적을 받을 수 있다. 쌓아온 것이 별로 없었던 나는 어렵게 느껴졌다. 하지만 꼭 이루고 싶었다. 나도 내 학교 이름을 당당히 말할 수 있는 학교에 들어가서 열정적인 대학생이 되고 싶었다. 결과부터 말한다면 재수 공부가 너무 재미이었고 좋은 성적을 받아서 교대에 입학하게 되었다. 재수하는 동안 나만의 공부 방법 '아날로그 단권화'를 만들었고 그 방법이 너무 재미있어서 휘몰아치듯 공부했다. 수능에서 수학과 사탐 네 과목에서 1등급으로 교대에 합격했다. 고등학교 때는 제일 잘 나와봐야 겨우 3등급이었던 내가 1등급이라니, 꿈 같은 등급이었다.

입학 후 나는 재수의 영향이었을까. 정말 열심히 공부했다. 공무원 시험 대비 학원도 아니고 수업 때마다 교탁 바로 앞에 앉아 교수님께 얼굴도장을 찍었고 교수님이 하는 농담까지 필기했다. 시험 기간이 되면 내 필기는 우리 과에 쫙 퍼졌다. 이렇게 공부하는 것이 나는 무척 재밌었다. 고등학교 시절에 했던 공부는 공부가 아니었다. 수능 공부하면서 두꺼운 성문 종합 영역을 보고 있었으니, 방법도 요령도 모르던 시절이었다. 이렇게 열심히 공부한 나는 400명 중 8등으로 졸업하게 되었고 임용에서도 우수한 성적을 받았다. 오기와 분노로 시작한 재수로 교대 입학, 임용 합격까지의 과정은 도전과 성취의 맛을 제대로 맛보았고 매 순간을 즐겼으며 자신감이 넘쳤다. 이 모든 것은 나만의 공부 방법을 만들었기에 가능했다.

나를 교대 입학까지 가게 해 준 공부법은 단권화이다. 내가 몰랐던 모든 내용을 가리지 않고 한 곳에 정리하는 방식이다. 문제집에 나온 어떤 문제도 버리지 않는 것이 포인트다. 요즘은 공부법에 관한 책도 많이 있고 방송 프로그램도 있다. 내가 공부하던 시절에는 수능 공부 사례나 전문가의 의견을 참고해 볼 생각은 못했다. 내가 부족한 부분이 무엇인지 혼자 분석하고 고민하여 방법을 찾는 것이 다였다. 빈틈을 메꾸려고 시도한 방법은 나에게 딱 맞았다. 나만의 공부 방법을 만들면서 재미를 느꼈고 교대 입학까지 했으니 너무 재밌는 이 일은 교사가 되어서도 적용했다.

교사는 학급 운영, 수업, 학부모 상담, 업무를 모두 해내야 한다. 이때 나는 효율성을 따지는 것이 아니라 나만이 할 수 있고 내가 잘할 수 있는 새로운 것을 찾으면서 하는 것이 좋았다. 그래서 적성이 딱 맞았다. 학교 테두리 안에서는 내 역량을 마음껏 발휘할 수 있기 때문이다. 우리 반 아이들과 어떤 학급을 만들어 나가도 뭐라고 할 사람이 없다. 성취 기준만 맞으면 어떤 수업을 해도 괜찮다. 그래서 나만의 방식을 찾은 일을 하는 즐거움이 있다. 이렇게 보면 나는 천직을 찾았다고 해도 과언은 아니다.

제2장

독서가 필요한 시점

내 절친을 소개합니다

[강혜진]

또래라고는 동생과 나 둘밖에 없던 시골 마을에서 자랐다. 유치원 근처에도 가보지 못하고 지내다 입학한 나는 친구들과 어울리는 것이 서툴렀다. 먼저 다가가지 못하고 멀찍이 서서 바라보고만 있던 나는 교실 서가에 꽂혀있던 책을 자주 꺼내 읽게 되었다. 친구들과 어울리기가 어려워 책과 친해지게 된 것이었다. 책을 읽고 있으면 똑똑해지는 기분이 들어서 좋았다. 책이 얼마나 재미있던지, 수업 시작하는 종이 쳐도 책상 아래 몰래 숨겨서 책을 보다가 선생님께 혼이 난 적도 있다. 읽다가 발견한 이야깃거리를 기억해 두었다가 하교 후 할머니께 하나씩 들려드리는 재미가 있었다. 평소 궁금해하던 것의 답을 책 속에서 찾았을 때의 쾌감, 생각지도 못했던 새로운 것을 알게 됐을 때의 기쁨, 책에서 읽은 것을 활용해 발표하고 공부하던 재미. 초등학교 시절 나의 가장 친한 친구는 책이라 해도 과언이 아닐 정도였다.

초등학교를 졸업하고 한동안 잊고 지내던 책을 다시 찾은 건 어른이 되고 난 이후였다. 인생에서 가장 중요한 건 나 자신이라고, 실패해도 괜찮으니 머뭇거리지 말고 일단 도전해 보라고, 예전보다 더 깊이 있고 지혜로운 말로 나를 일깨워주던 한결같은 책. 세상에서 가장 친한 친구였던 할머니가 돌아가시고 나는 한동안 책을 읽으며 뻥 뚫린 마음을 달랬다. 밤낮없이 책을 읽고 혼자 울다, 위로를 받다, 그렇게 잠이 들곤 했다. 결혼 준비하며 남편 될 사람이 도무지 이해되지 않았을 때, 서로 다른 사람이 만나 가족이 되려 하는데 이해되지 않는 것이 당연하다는 문장을 책 속에서 읽었다. 아이를 기르는 것이 서툴러 힘들 때도 목욕은 어떻게 시키는지, 열이 날 땐 어찌해야 하는지 나는 책을 보며 육아하는 법을 깨우쳤다. 책은 건강한 가정을 이루고 현명한 아내가 되는 데에도 도움이 되었다.

책에서 읽은 내용을 다 실천으로 옮기지는 못했다. 그래도 이만큼 사람 구실을 하며 손가락질받지 않을 만큼 잘살고 있는 데에 책이 한몫한 건 분명한 사실이다.

공부만 잘하면 된다고 생각하고 스물네 살이 된 어느 날, 나는 그야말로 공부만 하다가 초등학교 3학년 학생들을 가르치게 되었다. 내가 알고 있는 걸 상대도 알고 있다고 여기는 '지식의 저주'가 어마한 위력을 가지고 있다는 것을 깨달은 건 출근하고 일주일이 채 지나지 않아서였다. 이 정도면 충분히 알아들었겠지하고 내가 생각하는 자세함의 최대치를 넘을 만큼 설명해 주었는데도 서른 명이나 되는 아이들은 내 설명이 끝나기가 무섭게 다시 알려달라고 질문을 해 오기 시작했다. 나는 아이들이 당연히 집중해서 들고 자연스럽게 잘 이해할 거라 생각했다. 학창 시절 모범생이었던 나는 교실의 모든 학생이 나처럼 열심히 공부할 줄 알았다. 대단한 착각이었다. 색종이를 반으로 접게 하는 그 간단한 행위를 설명하려면 서른 번쯤 반복해 말해야만 했다. 그렇게 신규 1년 차를 보냈다. 쉰 목이 회복되기 전에 또 소리를 질러대는 바람에 봄부터 여름방학까지 나는 오랫동안 제대로 소리를 낼 수 없을 지경이었다.

집중도 못 하고 말귀도 못 알아듣는 아이들이 쉬는 시간마다 다투고 고자질할 때, 학교에 요구사항이 많은 부모님들의 민원에 어떻게 대처해야 할지 몰라 우왕좌왕하고 있을 때, 다시 나를 도와준 것은 바로 책이었다.

《대화의 심리학》을 읽으며 어떻게 하면 상대를 원하는 대로 설득할 수 있을지 공부했다. 그림책을 읽으며 수업 시간에 학습 동기를 불러일으킬 만한 소재가 없는지 살폈다. 구연동화를 소개하는 책을 읽으며 목소리의 크기와 높낮이를 조절해 듣는 이를 집중시킬 수 있는 방법을 찾았다. 아이의 사생활, 정서지능, 문해력에 대한 책을 읽으며 학생의 발달 수준에 대해 이해하게 되었고 그것을 바탕으로 잘 가르치기 위해서는 어떻게 해야 할지 고민했다.

좋은 교사가 되기 위해 시작한 독서는 인간에 대한 이해의 폭을 넓혀주기도 했다. 우리의 뇌가 어떻게 작동하는지, 인간의 심리는 어떤 원리로 움직이는지, 인류가 어떤 역사적인 사건을 통해 지금에 도달하게 되었는지, 그리고 당장 눈앞에 놓인 문제를 해결

읽고 일하며 살아간다

하는 것보다 더 의미 있는 것이 무엇인지, 어떤 가치를 좇으며 살아야 하는지, 보다 차원 높은 문제에도 관심이 생기기 시작했다.

　요즘 나는 책에서 읽은 것 중 몇 가지를 꾸준히 실천하며 습관으로 만들기 위해 노력하고 있다. 매일 숨이 찰 정도로 운동을 한다. 하루하루 빠뜨리지 않고 운동하며 오늘도 해냈다는 성취감을 느낀다. 하루를 돌아보며 기록하는 것을 잊지 않는다. 특별했던 것, 좋았던 것, 반성할 만한 것을 기록하며 그중 감사할 만한 것을 찾아보는 시간을 즐긴다. 머릿속에 떠오른 생각을 필터링 없이 말로 표현하던 것을 멈추었다. 침묵을 선택한 대신 생각을 글로 표현하며 기록을 쌓아가고 있다. 혼자 산책하는 시간을 즐긴다. 차분하게 명상하고 호흡에 집중하는 것이 도움이 된다. 생각이 깊어지니 말도 행동도 여유로워지는 것이 느껴진다.
　잘 가르치기 위한 정보와 전략들을 책에서 찾아보는 것도 좋지만, 그것보다 더 좋다 느꼈던 것은 독서를 통해 내가 사십 대, 불혹에 어울리는 품격을 갖추어 간다는 것이었다. 스스로 성장을 느끼고 있고 남들에게도 부끄럽지 않을 만큼 내면을 갖추게 되니 요즘은 이런 마음을 자주 감사 일기에 쓰게 된다. 독서를 통해 철이 들고 내면이 성장하고 있음을 깨닫는 요즘, 나의 이런 변화가 사람 기르는 일에도 도움이 되니, 나는 한 인간으로서도, 교사로서도 독서의 긍정적 효과를 톡톡히 누리며 사는 중이다.

독서는 삶의 어느 순간이든, 어떤 방식으로든 반드시 도움이 된다. 친구가 없거나 혼자 있다고 여겨질 때 독서는 외로움을 달랠 좋은 해결책이 된다. 독서하며 흥미를 끌 만한 이야깃거리를 수집해 놓았다가 낯선 사람과도 편안하게 대화를 이어 나가는 달변가가 될 수도 있다. 업무상 학생과 학부모, 직장 동료를 대할 때에도 독서를 통해 익힌 화법과 심리학이 도움 될 때가 많다. 같은 뜻이라도 '아' 하지 않고 '어' 했을 때 상대도, 나도 만족할 만한 결과를 끌어낸 일화는 셀 수 없이 많다. 지루한 수업에도 학생들이 집중하게 하는 방법, 학습 효과를 높이는 교수법, 업무 효율을 높이는 방법 또한 책에서 찾을 수 있었다. 건강 챙기기, 좋은 습관 형성, 삶을 대하는 긍정적 태도 기르기, 성찰과 감사하기 등 내면의 바람직한 변화와 성장 또한 독서에서 비롯된 것이다. 독서는 궁극적으로는 '나'라는 개인과 '너'라는 타인, 그리고 '우리'라는 공동체를 깊이 이해하는 데 도움이 된다.

나는 늘 손 닿는 곳에 책을 두고 외로움을 달래기 위해, 내가 만나는 사람과의 관계를 위해, 내가 하는 일의 성취를 위해, 그리고 세상 사는 이해의 폭을 넓히고 내면을 가꾸기 위해 책을 찾는다. 지금 행복하다 느끼며 사는 것은 책 덕분이다. 나의 절친, 책에게 감사한 나날이다.

독서로 찾는 길

[김나라]

 책 읽기는 일상 속 언제 어디서든 가질 수 있는 시간이다. 불빛 없는 캄캄한 밤에도 작은 독서 등 하나면 펼칠 수 있기 때문이다. 독서의 장점은 초등학생도 하나쯤은 말할 수 있다. 어른이 된 우리의 삶도 성장이 필요할 때 더 나은 선택을 할 수 있도록 돕는다. 찾는 목적에 따라 다르겠지만, 전문적인 지식 외에도 행동하는 용기를 주고, 온기가 느껴지는 위로를 받기도 한다. 나 또한 해답이 필요할 때면 책으로 빼곡하게 찬 거실 책장 앞에 선다. 벽돌처럼 나란히 세워진 책 제목을 훑어보고 고르는 일만으로 마음이 덜어질 때도 있다. 독서는 그렇게 내 일상을 채운다. 최근 책으로 얻은 도움 세 가지를 적어보려 한다.

 첫째, 학습자를 위한 실제적 이해에 도움이 되었다. 현재 공부방을 운영하고 있다. 각기 다른 성향에 따라 채워주어야 하는 지도 방향도 다르다. 사교육 특성에 따라 학습적인 부분이 주를 이루지만, 부가적으로 챙길 부분도 있다. 그중 하나를 뽑자면, 느린 학습자의 이해다. 전문가적 연구자료의 도움이 필요하다. 단지 학습의 부재로 생각하기 전에 수강생 한 개인의 이해가 먼저였다. 학부모와 소통으로 그 아이를 파악하기도 하지만, 객관적인 눈으로 관찰해야 할 필요도 느꼈다. 책을 통해 여러 사례를 참고한다. 병원 처방전처럼 꼭 맞는 해결책을 찾고 적용할 순 없지만, 적어도 그 아이에 대한 섣부른 판단을 막게 한다. 아이들을 지도하는 사람은 주관적인 짐작이나 판단은 피해야 한다고 생각한다. 이해를 통해 수용할 수 있는 마음을 넓히는 것이 먼저라 생각했다. 해당 아이에겐 긍정적인 학습 환경이 무엇보다 중요해 보였다. 듣고 싶어 하고, 받고 싶어 하는 마음이 무엇인지 세심히 살피게 되었다. 잘하고 싶고 칭찬받고 싶은 마음을 수업 외에도 교재가 끝날 때마다 손 편지를 적어 건넸다. 몇 달 뒤, 그 학부모와 상담으로 통화할 일이 있었다. 아이는 내가 써 준 교재 앞 편지를 안방으로 가는 거실 복도에 두었다고 했다. 그리고 매일 밤 안방으로 자러 들어가기 전 읽으며 행복해한다고 했다. 독서로 아이의 작은 마음을 본 시간이 나에게 감사함으로 되돌아왔다. 전문적인 지식을 전달하고 판단하거나 치료를 돕는 작가는 아니다. 그러나 독서로 학습자에 관한 이해의 폭을 넓혀 도움을 주는 사람이 될 수 있었다.

둘째, 나를 드러내는 방법을 배울 수 있었다. 공부방을 시작했을 때 어떻게 운영해야 할지 막막했다. 내 아이에게 꼭 가르치고 싶을 만큼 마음에 드는 교재와 커리큘럼이었다. 그러나 직장에 소속되어 일을 해봤지 개인 사업은 처음이었다. 하나부터 열까지 체계를 잡고 쌓는 운영은 오로지 내 몫이었다. 관리와 홍보까지 나만의 운영체계를 만드는 게 우선이었다. 무엇보다 나를 드러내는 공부도 필요했다. 아무리 좋더라도 어떻게 드러내고 표현하는가에 따라 내가 가진 교육적 가치를 누군가에게 전할 수 있었다. 같은 프랜차이즈를 운영하는 선배 원장들의 조언을 듣기도 했다. 각 지역이나 본부, 교사마다 추구하는 교육 목표와 운영 방식이 달랐다. 여러 이야기를 들으며 방향과 시야를 넓힐 수 있었지만, 조금 더 명확한 나만의 체계를 갖고 싶었다. 핸드폰을 열어 공부방 운영에 관한 도서를 검색했다. 장바구니에 여러 권의 책을 담았다. 목차를 살피고 블로그에 있는 후기나 서평을 확인하며 얻고 싶은 정보가 많은 책을 골랐다. 주문한 책을 받아 적용할 부분을 포스트잇으로 체크했다. 미처 생각지 못한 세부적인 내용들이 꽤 많았다. 기본 규정, 교육비, 교재 관련 안내 사항, 환불, 할인 등 하나의 파일을 만들었다. 공부방 규정에 관한 것부터 한 장 한 장 다시 채웠다. 홍보 역시 필요했다. 전단 홍보도 있지만, 온라인으로 검색해 찾는 학부모들이 늘어나니 블로그 홍보에도 정성을 들여야 했다. 종이 홍보물을 돌리지 않아도 24시간 언제든 들어와서 볼 수 있는 공부방의 정보도 하나씩 채웠다. 새로운 길을 걸어가는 시점에서 나는 어떤 원장으로 어떻게 운영할 것인가에 대한 물음을 스스로에 던지고 답을 찾는 시간이 되었다. 이만 원도 되지 않은 금액으로 경험이 담긴 누군가의 기록 자산을 볼 수 있다. 글을 쓰는 작가로서 한 권에 얼마나 많은 시간과 에너지를 담는지 조금은 안다. 책은 나에게 쉽게 찾을 수 있는 동아줄이다.

셋째, 가정에서의 독서 문화를 챙길 수 있다. 우리 세 가족이 사는 집에서 공부방을 운영한다. 거실 공간이 내 직장이기도 하다. 육아와 일의 분리는 수강생이 오고 가는 시간에 따라 결정된다. 근무 중에는 아이를 살뜰히 챙기기 쉽진 않지만, 다른 게 미뤄지더라도 아이가 책을 가까이하며 성장하도록 독서 환경을 만들어주고 싶은 엄마다. 학교에서 돌아오면 책을 읽고 공부하는 언니, 오빠들 모습을 보며 자라는 것도 나름의 장점이었다. 책 읽자는 말보다 행동으로 보이는 면이 더 좋은 영향력을 가지고 있다고 생각했다. 그래서 일상에서도 부모가 먼저 책 읽는 시간을 가지는 게 가정 독서 문화에 중심이라고 믿었다. 일의 성과를 내고 배움을 위한 독서도 필요하지만, 엄마로서 육아도 챙길 수 있는 게 독서다. 일이 많은 주간이면 일감을 들고 도서관을 찾기도 한다. 아이와 여유롭게 책을 읽는 시간이 부족할 때면 그 환경에 노출될 수 있도록 한다. 어린이 도서관에 자리를 잡고 노트북을 열어 밀린 서류작업을 한다. 주말 날이 덥거나, 추울 때 계획 없이도 언제든 찾을 수 있는 곳이다. 아이는 도서관에서 자유롭게 책을 골라 읽는다. 독서는 육아의 방향과 빈자리까지 채워준다.

학습자들을 위한 연구, 나를 드러내기 위한 공부, 엄마표 책 육아는 성장의 방법이다. 스스로 배우고 찾고 선택하며 살아가는 어른의 삶에서 책은 가까이에 있어야 한다. 가끔 연애나 요리가 서

읽고 일하며 살아간다

툰 이들에게 책으로 배웠냐며 농담 삼아 말하는 이도 있다. 그러나 책으로 배웠기 때문에 더 나은 선택과 성장이다. 책 읽고 인상 깊은 문장을 뽑을 때도 사람마다 처한 상황에 따라 다르게 발췌하듯이, 세상에 나온 한 권의 책은 누구에게나 다른 해석으로 읽힌다. 어떤 내용을 읽더라도 길을 찾고 실행하는 건 내 일과 성장이 된다. 독서가 필요한 시점, 일과 육아에서 빠른 답을 찾는 길은 독서다.

'좋은 아빠'가 되기 위한 '독서'
[김선호]

저는 아주 어렸을 때부터 '좋은 아빠'가 되고 싶다는 말을 자주 했습니다. 실제로 힘차게 뛰고 있는 심장 소리를 듣는 순간 헤아릴 수 없는 기쁨을 누릴 수 있었습니다. 그리고 그와 동시에 왠지 모르게 마음이 답답하고 불안하기도 했습니다. 왜냐하면 '좋은 아빠'라는 목표가 있는데, '좋은'이라는 단어가 지니고 있는 구체적인 모습에 대해서는 깊게 고민을 해본 적이 없기 때문입니다. 그래서 당장 무엇이라도 해야 할 것만 같은 부담감은 컸지만, 무엇을 어떻게 시작해야 할지 전혀 갈피를 잡지 못했습니다.

제가 '좋은 아빠'가 되기 위한 정보를 찾기 위해 선택한 첫 번째 수단은 인터넷입니다. 요즘에는 여러 검색 사이트에서 육아에 대한 각 키워드를 넣기만 하면 각종 블로그와 관련 영상물이 쏟아져 나옵니다. 그래서 처음에는 태교하는 법에서부터 신생아 목욕 시키기, 수면 교육하기, 이유식을 만드는 방법까지 모두 검색하여 무작정 읽고 시청하기 시작했습니다. 그런데 검색하면 할수록 제 머릿속은 복잡해지기만 했습니다. 왜냐하면 이 블로그를 읽을 때는 정말 좋은 방법 같아 보였는데, 저 블로그에서는 전혀 다른 이야기를 하고 있었기 때문입니다. 특히 신생아를 먹이고 재우는 가장 기본적인 방법에 대해서도 제시하는 방법이 너무나도 다양하여 어느 정보가 정확한지, 효율적인지 알 수가 없었습니다. 그렇게 며칠을 검색의 늪에 빠져 헤매다가, 인터넷에서 필요한 정보를 얻기는 쉽지 않겠다는 결론을 내렸습니다.

그리고 그다음으로는 더욱 실질적인 경험담을 듣고자 하여 가까운 주변 지인들에게 묻기 시작했습니다. 주변의 아이를 키운 모든 선배 부모들에게 무작정 묻고 또 물으며 조언을 구했습니다. 그런데 같은 문제에 대한 답을 구했음에도 불구하고, 돌아오는 답은 너무 상반되었습니다. 예를 들어, 신생아 수면용품 중 가장 기본적인 쪽쪽이에 대한 의견조차 제각각이었습니다. 어느 선배 부모들은 아이가 안정감과 만족감을 얻기 위해서는 쪽쪽이가 반드시 필요하다고 주장합니다. 다른 한쪽에서는 아이가 쪽쪽이를 물게 되면 치아 형성에 부정적인 영향을 미칠 수 있기 때문에 최소한으로 주는 것이 좋다고 합니다. 그리고 이런 이야기 뒤에 공통으로 하는 이야기가 하나 있었습니다. 아무리 지금 열심히 준비한다고 하더라도 태어나는 아이의 성향에 따라 상황은 얼마든지 달라질 수 있다는 것이었습니다. 이런 답변을 받게 되자 차마 더는 지인들에게 물을 수가 없었습니다.

제2장. 독서가 필요한 시점

우리 부부 두 사람은 부모가 될 준비에 대해 너무 안일하게 생각했던 것을 반성하게 되었습니다. 그저 아기가 태어나기 전에는 엄마가 좋은 것만 보고 먹고 듣고, 태어날 즈음에는 아기용품만 넉넉하게 준비하면 될 줄 알았습니다. 그런데 아주 간단한 젖병을 고르는 것부터 시작하여 쉬운 것이 하나 없었습니다. 저희는 보다 확실한 정보를 얻을 수 있는 방법이 무엇일까 고민하다가 가까운 지역 도서관에서 '육아서'를 접하게 되었습니다. 육아서 안에는 필요한 정보가 종류별, 키워드별, 발달 시기별로 세세하게 구분되어 있어서 원하던 정보를 찾기에 수월했습니다. 그리고 무엇보다도 책은 우리 두 사람이 원하는 시간에 마음대로 펼쳐볼 수 있었고, 원하는 때에 책을 덮어 해당 주제에 대해 각자의 의견을 물으며 더 깊게 이야기를 나눌 수 있기에 편리하였습니다.

먼저 이야기를 나눈 주제는 바로 '육아관'이었습니다. 아무래도 육아관은 인생을 바라보는 가치관과 비슷하기 때문에, 어떠한 육아관을 가지고 있느냐에 따라 아이를 대하는 태도나 문제 해결 방법 또한 달라질 수 있습니다. 그래서 우리는 서로의 육아관을 파악하고 보완하기 위해서 도서관에 있는 다양한 육아관을 다루는 도서를 빌려와 읽기 시작했습니다. 그리고 도서관에 없는 도서는 구매하여 읽으며, 각자 나누고 싶은 주제를 생각하였다가 산책하며 깊은 대화를 나누었습니다. 10달 뒤에 태어날 우리 아이가 어떤 아이로 자랐으면 좋겠는지부터 시작하여, 각자가 생각하는 훈육하는 방법 등 다양한 주제에 대하여 세세하게 대화를 나누었습니다. 이 시간을 통해 저희는 서로의 의견을 존중하고 이해하며 우리 두 사람만의 육아관을 만들어 갈 수 있었습니다. 그 덕분에 지금까지도 큰 이견이나 다툼 없이 아이를 양육할 수 있었습니다.

그다음으로는 태교와 관련된 책을 읽고 함께 이야기를 나누었습니다. 사실 아빠가 되기 전에는 그저 아내 배를 쓰다듬으며 아이에게 부드러운 말투로 말을 걸어주는 것이 태교라는 단순한 생각을 했습니다. 아내와 이야기를 나누다 보니 제가 생각하는 태교는 온전히 '아이'에게만 초점이 맞추어져 있었다는 것을 알게 되었습니다. 아내가 생각하던 태교는 더 포괄적이고 구체적이었습니다. 무엇을 보고 듣고 행하는 것뿐만 아니라, 부부가 함께 감정을 교류하고 안정감을 느낄 수 있도록 하는 것이 우선이었습니다. 비록 태교에 대한 인식은 서로가 달랐지만, 독서와 대화를 통해 함께 태동을 느끼며 온 가족이 함께 참여하는 다양한 방법의 태교를 시도해 볼 수 있었습니다. 그리고 그 외 모유 수유하는 방법, 기저귀를 갈아 주는 방법, 분유를 타고 먹이는 방법 등등 아이가 태어나기 전에 준비해야 하는 물품과 상황들에 대한 정보 역시 《임신 출산 육아 대백과》라는 책을 통해 얻을 수 있었습니다. 그리고 무엇보다도 아이를 출산하는 방법 또한 다양하다는 것을 알게 되었고, 아내는 자연주의 출산에 관한 이야기를 자주 하며 꼭 자연주의 출산법으로 출산하리라 결의를 보였습니다.

그렇게 하나하나씩 준비를 하는 동안 벌써 8개월이 지나 아내의 배가 많이 불러왔습니다. 여느 때와 마찬가지로 아내와 함께 곧 만나게 될 아이에 대해 이야기를 하던 도중, 갑자기 아내가 하혈하기 시작했습니다. 곧바로 산부인과 병원을 향하여 진찰받았더니, 담당 의사는 난감한 표정을 지으시며 조산기가 있기에 절대적인 안정이 필요하다고 했습니다. 그리고 한 가지 더 머뭇거리면서 아무래도 자연분만이 어렵겠다고 말씀하셨습니다. 8개월 정도에는 아이의 머리가 아래를 향하여 돌아야 하는데, 아직도 아이의 머리가 위를 향해 있는 '역아'라는 설명을 해 주셨습니다. '역아', 말 그대로 출산할 때 머리부터 나와야 하는데 뱃속에서 돌지 않은 상태의 태아를 지칭하는 말이었습니다. 하혈과 역아. 임신 및 출산과 관련된 책에서만 등장하던 단어가 우리의 일상에 등장하였습니다. 현실에서 마주치고 싶지 않았던 두 단어였지만, 아내와 함께 앞선 책에서 이에 대한 설명을 읽었던 것이 기억났습니다. 그래서 바로 의사 선생님께 필요한 것이 무엇이 있는지 여쭙고 바로 제왕 절개 수술 날짜를 잡게 되었습니다. 만약 책에서 역아에 대한 설명을 읽지 않았더라면 매우 당황하며 우왕좌왕했을 것 같습니다. 비록 원하던 출산 방법으로 출산하지는 못하게 되었지만, 아이가 건강하다는 말에 안도하며 감사함이 밀려왔습니다. 그와 동시에 아이의 발달 및 건강과 관련된 도서는 반드시 필요하겠다고 생각하여 《삐뽀삐뽀 119 소아과》를 주문하여 읽기 시작했습니다. 아이의 발달과 맞추어 마주칠 수 있는 각종 위급상황과 질병에 대해 미리 알고 대처할 수 있는 것 또한 '좋은 아빠'가 되기 위한 필수 조건이기 때문입니다.

 그렇게 38주 3일이 되던 2020년 4월 27일 오전 10시 41분, 드디어 딸이 세상에 태어났습니다. 비록 서툴러 애를 먹기는 했지만, 육아서를 통해 미리 공부하며 준비했던 덕분에 '육아'라는 일을 큰 무리 없이 감당할 수 있었습니다. 이처럼 사랑하는 아이를 몸과 마음이 모두 건강한 아이로 키우기 위해서 필요한 것 중 하나가 정보입니다. 그리고 육아서에는 그 정보가 잘 정리되어 있기에, 책 안에서 발견한 사항에 대해 아내와 함께 대화를 나누며 상황에 맞게 실천할 수 있었습니다. 하지만 아이는 하루가 다르게 쑥쑥 자라가면서 매일 새로운 국면에 마주치기에 또 다른 정보가 필요할 때가 많습니다. 그래서 아빠로서의 독서는 이제 시작입니다. 아니, 영원히 계속되어야 할 것입니다. 아이가 태어나기 전에도, 아이가 태어나 자라는 동안에도 '좋은 아빠'의 육아 독서는 멈출 수 없습니다. 아빠의 독서량만큼이나 아이도 잘 성장할 수 있을 것이라 믿기 때문입니다.

내 책장에는 아직 빈칸이 많아요
[김효정]

앞서 나는 초등학교 교사가 되면서 겪은 어려움을 나눴다. 그중 하나가 특색있는 학급경영이었다. 당시는 창의력 교육이나 독서교육, 문화예술교육 등이 유행했다. 경력이 있는 선생님들은 역시나 능숙하게 학급을 잘 경영하셨다. 교사의 특기를 살려 음악을 잘하는 분은 리코더나 동요 부르기 등 음악 활동으로, 그림을 잘 그리는 분은 협동화 그리기나 창의적인 그림 그리기 등 미술 활동으로, 체육을 잘하는 분은 음악줄넘기나 여러 가지 체육활동으로 학급 특색을 삼았다.

그러나 나는 특별한 재주가 없다. 그래서 이것도 조금, 저것도 조금 내 눈에 좋을 대로 남들이 좋다 하는 것을 도입하여 구색만 갖춰 학급을 운영했다. 그래도 나는 가슴에 뜨거움은 있었다. 신규 교사의 열정으로 아이들을 열과 성을 다해 지도했다. 한 번은 아이들에게 '너희들도 할 수 있다.'라는 꿈과 희망을 선물해 주고 싶었다. 영어 노래 부르기 대회 공문을 보고 담당 선생님께 우리 반 아이들과 이 대회에 참가하겠다고 말씀드렸다. 성악을 공부하던 민정이를 주축으로 9명을 구성하여 한 팀을 만들었다. 영어를 잘하는 아이도 있었고, 그렇지 못한 아이도 있었지만 상관하지 않았다. 그날부터 아이들은 매일 방과 후에 교실에 모여서 한 손 반주밖에 안 되는 내 반주에 맞춰 노래 연습을 하기 시작했다. 곡명은 영화 시스터 액트의 〈I'll follow him〉이었다. 교회에서 어른들 성가대 복도 빌렸다. 나는 영어 노래 부르기 대회에 참가한 것이 처음이라서 어떻게 해야 하는지 아무것도 몰랐지만, 아이들 앞에서는 봉이 김선달처럼 당당하게 행동했다.

영어 업무 담당 교사도 신규였고, 나도 그렇다 보니 막상 대횟날은 다가오는데 어떻게 참가해야 하는지 모르는 게 문제였다. 그리고 그날은 내 대학원 입학시험이 있던 날이기도 했다. 교장, 교감 선생님께 상의도 안 하고 내 마음대로 내가 같이 못가니까 믿을만한 학부모님께 인솔을 부탁드렸다. 그분은 흔쾌히 아이들을 인솔해 주셨고, 어른 성가대 복을 입는 게 부끄럽다며 우는 아이들을 달래 용기를 북돋워 주셨다. 알고 보니 다른 학교 아이들은 단체로 예쁘게 옷을 맞춰 입고 왔다고 했다. 그런데도 아이들은 떨리는 마음을 다잡고 용기 있게 노래를 부르고 춤을 췄다고 한다. 인솔해 주셨던 어머니가 너무 감동스러웠다며 침이 마르도록 칭찬해 주신 게 아직도 기억난다. 하지만 지금도 그때 일을 생각하면 너무 아찔하고 심장이 떨린다. 아동 대회 인솔을 학부모에게 맡긴다는 건 절대로 있을 수 없는 일이기 때문이다.

이렇게 나는 너무 부족했다. 아는 것이 없었고, 그저 열정으로 용감하기만 했다. 아이들을 더 즐겁게 만들어주고 싶었고, 내 교육활동이 그들에게 유익하기를 원했다. 하지만 주먹구구식 학급 운영으로는 나도 아이들도 만족할 수 없었다. 나의 부족함에 대한 피해는 모두 아이들에게 돌아가는 것 같아 미안했다.

발령 이 년 차 때 옆 반 선생님이자 친구인 선생님과 함께 그림책 연수를 들었다. 그림책 연수를 들으면서 메마른 땅에 한 그루의 어린나무를 찾은 듯했다. 처음 접해본 그림책이 너무 재미있었던 것이다. 책 읽어주는 강사의 목소리에 빠져들었고, 책장을 넘길수록 다음 이야기가 너무 궁금했다. 그림책을 끝까지 읽었을 때, 나는 그림책에 완전히 매료되었다. "아, 이거다!" 우리 반 아이들에게도 이렇게 읽어주면 너무 좋아할 것 같았고, 나도 그런 아이들의 모습을 보면 신날 것 같았다. 그리고 그림책을 아이들에게 읽어주기도 쉬울 것 같았다. 다음 날 서점에 가서 연수 때 읽었던 그림책을 샀다. 아이들에게 읽어주고, 연수 때 배웠던 것처럼 그림책을 칠판 앞에 세워두었다. 아이들이 호기심을 갖게 하려고, 그리고 누구나 읽을 수 있도록 말이다. 나의 첫 시도는 성공이었다. 아이들은 무척 재미있어했고, 칠판 앞에 놓인 그림책을 서로 읽겠다고 앞다투었다. 그런 아이들의 모습이 얼마나 흐뭇하던지! 다시 서점에 가서 그림책을 몇 권 더 사 왔다. 그런데 욕심이 났다. 마음만 앞서서 두 권, 세 권을 연달아 읽어주니 지루해하는 아이들이 나왔다. 며칠 사이 아이들의 반응은 식었고 그에 따라 내 의지도 시드는 것 같았다. 이게 아닌데, 쉬운 줄 알았는데 쉬운 일은 없었다. 아이들이 모두 좋아할 만한 책을 찾는 것도 쉽지 않았다.

반면 나의 친구이자 옆 반 선생님은 에너자이저였다. 피곤할 시간도 없는 사람 같았다. 그녀는 에너지가 끊임없이 방출되어 앞으로 밀고 나가는 것을 멈추지 않는 불도저였다. 분명 같이, 같은 연수를 들었는데 우리 반과 달리 그 반은 모든 환경구성이 책이다. 내가 한 권 살 때, 그 선생님은 10권 사는 것 같았다. 어쩜 100권을 샀을 수도 있다. 아무튼 그런 친구다 보니 그 반은 늘 활기차고 뭔가가 꽉 차 있는 그런 분위기가 났다. 나의 고민이 그녀에게 닿았던 것일까? 그녀가 나에게 모임을 추천했다. 그림책을 읽는 교사들의 동아리였는데 알고 보니 꽤 오랫동안 규모 있게 그림책을 연구해 온 모임이었다. 내가 들었던 연수의 강사도 이 모임 소속이었다. 배움에 대한 열망도 있었고, 좋은 선생님들과의 만남도 기대되었기에 고민은 오래 하지 않았다. 나는 그 모임에 들어가 그림책을 공부하기 시작했다.

그림책 모임은 책을 한 권 정해서 1학기는 대표 선생님이 그림책 목차대로 내용을 가르쳐주었다. 우리가 궁금해하는 점을 가르쳐주었고, 경험을 기반으로 여러 가지 좋은 정보도 제공해 주었다. 책 모임은 재미있었다. 경험 많은 선생님께 배울 점이 많았고 함께 책을 읽고 나누는 과정이 재미있었다. 2학기가 되면서 모임 방법이 달라졌다. 1학기에는 책만 읽고 가면 되었는데 2학기에는 한 주제씩 담당자를 정해 주제에 맞게 돌아가면서 발표해야 했다. 내가 맡은 부분은 20세기 그림책의 영국 대표 작가 "존 버닝햄"이었는데, 직업이 교사라도 다른 선생님들 앞에서 발표하는 것은 여간 긴장되고 부담되는 게 아니었다. 왜냐하면 책은 누구나 다 읽어오는 것인데, 와서 내가 책 내용만 요약한다면 일과를 마치고 지친 몸으로 하나라도 아이들에게 더 나누어 주기 위해서 모임을 찾은 선생님께 미안했기 때문이었다. 그래서 나는 다시 서점으로 갔다. 서점에 가서 존 버닝햄이 쓴 그림책을 있는 대로 샀다. 존 버닝햄에 대해 나와 있는 인문 서적도 샀고, 그림책에 관한 지식 책도 더 샀다. 집 책장 한 칸을 그림책 공간으로 만들어 그림책과 관련된 책들을 그곳에 다 꽂았다. 그림책으로 채워진 책장은 보기만 해도 뿌듯했다.

그의 그림책은 쉽지 않았다. 그의 대표작인 《지각 대장 존》은 아무리 읽어도 이해가 안 갔다. 다른 책들도 마찬가지였다. 현실과 이상을 오락가락하는데 나도 정신이 오락가락해지는 것 같았다. 그래서 존 버닝햄의 일생을 조사하기 시작했다. 그리고 존 버닝햄 작품에 대해 다른 사람들은 어떻게 평가하는지도 찾아 읽었다. 그렇게 읽으니 존 버닝햄의 그림책이 이해되기 시작했다. 물론 이해되는 것과 좋아하는 것은 별개지만 아무튼 나는 마트료시카 인형을 하나씩 벗겨내듯 존 버닝햄의 작품으로부터 소년 존 버닝햄을 찾아갔다. 자유분방하고 꿈꾸고 행동하길 주저하지 않는 말썽꾸러기 남자아이가 마음에 그려졌다.

모임에서 존 버닝햄에 대해 발표하고 나니 책장 두 칸이 존 버닝햄 칸이 되었다. 그리고 다른 작가들에게도 관심을 점쳐 넓혀간 나는 그 작가와 관련된 그림책이나 인문 서적도 같이 샀다. 그렇게 그림책 칸이 점점 넓어졌다. 내 빈 책장이 책으로 채워지는 것은 마치 나의 부족함과 모자람이 책으로 변신하는 것 같아서 좋았다. 아직 내 책장은 빈 곳이 많았다.

05

가장 가까운 스승은 책입니다
[라오쯔]

"작은 가게도 주인장의 규칙과 소신이 있어야 오래 할 수 있는 거야."

직장생활에 지쳐 가던 20대 시절, 아버지의 오토바이에 실려 퇴근하는 어느 토요일이었다. 음료를 사러 작은 가게에 들렀다. 시골 동네 초입에 있는 가게는 간판만 '슈퍼마켓'이지 여느 가정집과 다를 것 없는 곳으로 과자와 음료, 라면이 상품의 전부인 작고 허름한 '점방' 같은 가게였다. 일과 사람에게 시달리지 않고 살고 싶다는 푸념 같은 중얼거림에 아버지는 꾸중 같은 혼잣말로 답하시곤 오토바이에 시동을 걸었다. '저런 작은 가게에 무슨 규칙과 소신까지……' 아버지의 말씀이 그날에는 이해되지 않았다.

나는 교습소를 시작으로 학원을 운영하며 8년째 소상공인으로 살고 있다. 대형 학원에 비하면 구멍가게이고 나름의 규칙과 소신이 없었다면 진작 문 닫았을 사업장이다. 아버지의 말씀처럼 남들은 몰라도 되지만 주인장은 해야 하는 일이 있다. 출근하면 환기를 시키고 물청소를 한다. 실내화와 카펫은 정기적으로 교환하여 청결을 유지한다. 월요일에는 재활용과 매립용 쓰레기를 분리하여 버리고, 흐트러진 도서도 종류별, 학년별로 재정리한다. 학년별 교과서를 참고하여 그달의 신간 도서를 선정하고 구입한다. 하루의 학습이 끝나면 강사 선생님이 보내온 아이들의 학습 사진과 수업일지를 참고해 학생 개인 밴드로 업로드 하는데, 이것은 빠트리면 안 되는 중요한 일 중 하나다. 학습과 함께 일상을 짧게 메모해서 궁금해 할 부모님께 아이들의 소식을 전한다. 이는 모두 학원의 규칙이고 운영자의 소신대로 만들어진 약속이다. 아버지의 말씀은 살아낸 자의 통찰이고 염려였다.

스스로에게 당당한 경영인이 되겠다는 초기의 결심은 때때로 흔들린다. 사실보다 부풀린 광고의 유혹과, 나태함으로 수업의 질이 떨어진 날 '그럴 수도 있지'라고 합리화하려는 마음이 드는 날에는 다산의 책을 읽으며 성실한 강사가 되겠다는 첫 마음을 되뇐다. 《유배지에서 보낸 편지》는 정약용이 긴 유배 생활 동안 두 아들에게 보낸 편지를 엮은 책이다. 자신을 믿고 지지해 주던 정조가 죽고 정순왕후와 노론이 세상의 실세가 되자, 다산은 바른 세상을 만들겠다는 정치의 뜻을 감추어야 했다. 가산은 탕진되고 집안이 풍비박산이 되었다. 천주교를 믿은 것이 죄목이었으나, 자신에게 유리한 변명의 여지는 분명 있었을 것이다. 품었던 뜻을 잠시 저버리면 좀 더 편안한 생활을 보장받을 수도 있었을 것이다. 하지만 다산은 외로운 유배 생활을 택했다. 다산은 처한 현실을 비관하고 있지만은 않았다. 멀리서라도 아버지의 삶과 신하의 도리를 저버리지 않았던 다산은 두 아들에게 편지를 써 예의와 법도를 가르쳤고, 어머니를 효로써 섬기도록 당부했다. 유배지에서 《경세유표》와 《목민심서》를 써 신하의 충직함을 보였다. "품은 뜻이 세상과 맞지 않더라도 자신의 뜻을 지켜내며 살아야 한다"는 다산의 가르침은 현실에 일희일비하지 않는 의연함을 가지고 자신과의 약속을 지키도록 훈계한다. 책을 펴고 앉는다. 아이들 앞에 떳떳한, 준비된 선생님의 모습으로 첫날 같은 수업을 위해 준비해야겠다.

　명함에는 '노력하는 아이는 스스로를 믿습니다.'라는 문구가 적혀있다. 생이 다할 때까지 독서를 멈추지 않았던 요네 하라 마리를 알게 된 후 삶의 지표가 된 글이기도 하다. 작가이고 동시 통역사인 그녀는 유방암 진단을 받고 죽음을 맞이하기 열흘 전까지도 글을 쓰고 독서를 이어갔다. 〈내 몸으로 암 치료 책을 직접 검증하다〉는 글은 생전의 그녀가 마지막으로 신문에 게재한 것인데, 시한부 선고를 받고 친구들이 권해 준 치료요법을 직접 체험하며 효능을 기록한 글이다. "혼돈 속에서도 똑바로 설 수 있는 것은 삶을 바라보는 자신의 시선에 달려있다"라는 그녀의 철학이 그대로 실천된 이야기가 아닐까 한다. 죽음 앞에서도 자신의 선택으로 생을 살아내겠다는 그녀의 의지였을 것이다. 《대단한 책》은 그녀가 생전에 게재한 글을 모아 엮은 것으로 일기 형식의 독서 감상문이다. 소소한 일상을 주제와 연결하고 견해가 다른 다양한 책을 함께 소개하고 있어 여러 작가의 책을 동시에 읽고 있는 착각이 들게 한다. 그녀의 글 중에 고양이에 관한 글이 있다. 나도 어미에게 버려진 길고양이를 생후 3주부터 키우고 있던 터라 반갑고 공감됐다. 강아지는 사람들 곁을 맴돌며 빨리 친해지는 반면 고양이는 자신이 원하는 경우에만 사람과 어울리는 다소 냉소적인 동물이다. 더구나 낯선 장소에서의 적응 시간도 오래 걸린다. 책을 보관하기 편한 집으로 이사한 그녀는 고양이가 3일 동안 먹지도 않고 한 자리에서 움직이지 않아 걱정했다. 고양이의 습성과 사람과의 공감에 관한 책을 읽었는데, 억지로 끌어내거나 먹이를 먹이면 더욱 날카로워지므로 주변을 어둡게 해 두고 관심을 두지 않은 채 기다려야 한다고 설명했다. 글을 쓰기 6개월 전쯤 나도 갑자기 이사를 하게 되었고 그녀의 도움으로 어린 고양이를 무리 없이 옮기고 적응시켰다. 이후 그녀의 고양이에 관한 이야기는 없지만 그녀도 성공적인 이사를 마쳤을 것이다. 고양이의 울음소리와 꼬리의 반응, 눈동자의 크기에 따른 심리에 대해 풀어놓은 책이 함께 소개되어 구매하려고 했으나, 작가가 일본인인 그 책은 아직 번역이 안 되었는지 국내에서 구입할 수 없었다. 소소한 일상의 이야기부터 정치 이야기, 바이러스 이야기, 경제이야기 등 동시 통역사의 직업 덕분인지 글의 소재는 다양했고, 소재마다 풀어내는 그녀의 지식은 방대하고 깊었다.

반복되는 하루가 지겨워질 때가 있다. 그날이 그날 같아 무료해지고, 해야 일에 둘러싸여 하지 말아야 할 일을 죄책감 없이 하는

날도 있다. 무엇을 위해 내 시간이 존재하는지 잊고 살다가 속절
없이 흘러가 버린 지난 시간이 안타까울 때가 있다. 각자의 소신
이 무너지는 날이다. 작은 움직임에도 의미를 담으면 힘이 나고 희
망이 생기지만 습관처럼 움직이는 시간에는 그렇지 않다. 아버지
의 염려대로 규칙과 소신을 지키며 살아가기 위해 나는 책을 찾는
다. 강하게 살아낸 자의 이야기에서 나태함을 반성하고, 슬기롭게
지켜 간 자의 삶에서 지혜를 얻는다. 스스로를 일깨워 줄 힘이 필
요할 때 책장 문을 열면 만날 수 있는 스승이 나에게 있어 든든하
다. 책은 가장 가까이 있는 스승이고, 질문의 깊이만큼 울려주는
메아리다.

06

책에서 배우다

[박영희]

어린 시절부터 책 읽기를 좋아했다. 만화, 소설, 잡지 가리지 않고 읽었다. 중고등학교 학창시절에도 도서부, 독서동아리에서 줄곧 활동했으니 책을 읽는 것이 자연스럽고 익숙했다. 그래서 남들도 나와 비슷하다고 생각했다. 누구나 책을 좋아할 수 있으며 잘 읽을 수 있다고 생각했다. 그러나 나의 이런 생각이 얼마나 오만이고 편견이었는지 학교 현장에서 아이들을 만나고 알게 되었다.

내가 처음 발령받은 학교는 독서 중점 시범학교로 매주 1시간의 독서시간이 의무적으로 편성되어 있었다. 독서시간에 아이들과 책을 읽고 함께 할 수 있는 활동을 떠올렸다. 이곳이라면 내가 꿈꾸던 수업을 할 수 있을 거라고 기대했다.

기대감에 가득 차 교실 문을 열고 들어갔다. 소개 해주고 싶은 책도 몇 권 준비해왔다. 그러나 내 마음과는 달리 아이들은 책에 관심이 없었다. 학원 숙제나 개인적인 일을 하기 바빴고 아예 엎드려 잠을 자기도 했다. 아이들은 독서시간을 자유시간 또는 쉬는 시간으로 여겼다. 동상이몽이 따로 없었다. 포기하지 않고 아이들을 설득해 겨우 책을 읽게 하였지만 단지 글만 읽을 뿐이지 내용을 이해하는 것은 또 다른 문제였다.

학교 현장에는 정말 다양한 아이들이 있다. 아이들마다 수준 차이도 심했는데 어디에 맞춰야 하는지도 몰랐다. 이미 선행을 하고 와서 수업을 따분해하는 아이가 있는 반면에 글자만 겨우 읽는 아이도 한 공간에 있었다. '이런 아이들과 함께 책을 읽고 대화를 나누는 수업이 가능할까?' 매시간 고민했다. 아이들 앞에 선 나는 무기 하나 없이 전쟁에 투입된 군인 같았다. 수업 시간엔 아이들의 관심을 끌기 위해서 수업과 상관없는 이야기들로 시간을 보내는 경우도 많았다. 그럴 때마다 무력감을 느꼈다. 간절히 바라서 시작한 일인데 이대로 물러설 수는 없었다. 나만의 무기를 만들기로 했다. 그래서 책을 펼쳐 들었다.

교사가 되면 더 이상 공부를 안 해도 될 줄 알았다. 가르칠 내용이야 안 보고도 줄줄 꿸 정도로 익숙했기 때문이다. 그러나 무엇을 가르쳐야 하는지는 알고 있지만 어떻게 가르쳐야 하는지는 잘 알지 못했다. 국어 교사가 되기 위해 오랫동안 공부를 했지만, 교과 내용과 관련된 지식 위주로 공부를 했기 때문에 가르치는 방법에 대해서는 미숙했다.

부딪히면서 배우는 것도 방법이지만 좀 더 효율적으로 배우기 위해 책의 도움을 받았다. 처음에는 교수법과 관련한 책을 읽기 시작했다. 독서법, 문해력을 키우는 방법을 이론적인 내용부터 현장 교사들의 노하우가 담긴 실전서까지 다양하게 읽었다. 책을 읽으면서 독서에도 전략이 있고 방법이 있다는 것을 알게 되었다.

읽고 일하며 살아간다

글자를 읽을 줄 안다고 저절로 의미 파악이 되는 것이 아니며 독서는 후천적인 학습을 통해 얻을 수 있다는 것을 알고 난 후에는 학습을 통해 얼마든지 독서력을 키울 수 있겠다는 자신감도 생겼다. 책을 읽으며 아이들이 읽기에서 어려움을 느끼는 그 지점을 파악하고 나의 교실에서 어떻게 활용할 수 있을지 고민했다. 책에서 배운 내용은 반드시 하나라도 수업 시간에 적용해보려고 노력했다. 그리고 내 것으로 만들기 위해 여러 번 반복했다. 그렇게 하나씩 나만의 노하우가 쌓여갔다.

　책을 읽고 함께 질문과 생각을 공유하는 토론식 수업을 하기 시작했는데 이때 수업의 성패를 좌우하는데 '책 선정'이 중요하다는 것을 알았다. 그전까지는 청소년 책은 거의 읽지 않았고, 주변에서 추천받은 도서들을 주로 선정했는데, 아이들에게 책을 읽히기 위해 내가 먼저 청소년 책을 읽어보기로 했다. 책을 읽어보고 아이들에게 전달할 만한 메시지를 뽑아내고, 아이들에게 읽혀본 뒤에 반응을 살폈다. 아이들과 책에 대한 이야기를 나누면서 어떤 책에 더 흥미를 보이는지도 알게 되고 다음 책을 선정하는 데도 도움이 되었다. 그렇게 해서 나만의 책 목록이 만들어지니 수업이 한결 수월해졌다. 그리고 청소년 소설을 읽는 것이 요즘 청소년들의 관심사나 청소년의 마음을 이해하는 데 도움이 되었다. 내게 고민을 말하면서 도움이 되는 책을 추천해달라고 하는 아이들도 하나둘 생겼다. 덕분에 아이들과의 소통도 편해졌다.

　수업에 자신감이 붙어갈 때쯤 새로운 난관에 부딪혔다. 담임을 맡는 것은 수업을 하는 것과는 또 다른 일이었다. 이젠 아이의 생활지도까지 해야 했다. 그것도 북한도 무서워 못 내려온다는 중2를. 하지만 내게는 든든한 갑옷, 책이 있으니 이번에도 책에 도움을 구했다. 처음에는 아이들의 마음을 이해하기 위해서 심리학 서적도 자주 읽고, 상담기법이나 감정코칭과 관련된 책을 주로 읽었다. 조벽 교수님의 《청소년 감정코칭》을 읽고 강의를 들으러 가기도 했다. 책에서 배운 대화 방법을 이용해서 아이들을 상담하기도 하고, 아이들의 마음을 이해하려 노력했다. 감정코칭 책은 아이들의 관계에도 도움이 많이 되었지만 나의 마음을 이해하는 데에도 매우 도움이 되었다. 그때는 나의 무능함을 탓하기도 하고 교사로서 자존감이나 자기효능감이 많이 낮아진 시기였다. 심리학, 자존감 관련 책을 읽으며 아이들의 마음뿐 아니라 나의 마음도 돌보는 시간을 자주 가졌다.

누구나 처음엔 서툴고 방황하는 시기가 있다. 그때마다 주어진 상황을 탓하거나 바꾸려고 애쓰기보다는 상황 속에서 내가 할 수 있는 일을 찾으려고 노력한다. 그저 손 놓고 내가 처한 상황에 분노하고 불만을 가져도 달라지는 것이 없다는 걸 알기 때문이다. 그럴 때 제일 손쉽게 도움을 얻을 수 있는 방법이 독서이다. 책에는 먼저 그 길을 걸어간 사람들이 겪은 시행착오와 그렇게 얻어낸 값진 정보들이 나온다. 그들의 경험담을 읽으며 같은 상황에 놓였던 나의 마음을 위로받기도 하고, 해결 방법을 하나씩 배워나가기

읽고 일하며 살아간다

도 했다. 단, 배움에서 끝나는 것이 아니라 반드시 실천이 뒤따라야 한다. 필요한 상황에 적용하고 반복하여 내 것으로 만드는 것이 중요한데 독서의 진가는 그때 빛을 발휘한다. 비슷한 책을 여러 권 읽다 보면 반복되는 내용이 보이고 내게 필요한 메시지가 더욱 분명해진다. 취할 것과 버릴 것이 구분되고 점점 구체적이고 뾰족해지면서 내가 실천에 옮길 수 있는 일이 보이기 시작한다. 그렇게 하나둘 나에게 필요한 것들을 채워나간다. 교사인 나에게 가장 좋은 선생님은 바로 책이다.

07

읽는 만큼 보인다
[쓰꾸미]

인류 최초의 글자가 무엇을 기록했는지 알았을 때 저절로 피식 웃음이 나왔다. 기원전 4천 년경 수메르인들은 세금, 생산량, 거래 내역을 기록하기 위해 점토판에 문자를 새겼다. 마치 오늘날 우리가 스마트폰 메모장에 장보기 목록을 적듯, 그들은 이러한 필요 때문에 문자를 발명했던 것 같다.

현대를 살아가는 나 역시 수메르인들의 문자 발명 이유와 그 필요에 적극 공감한다. 친구들과 더치페이했는데 일주일만 지나도 누가 얼마를 냈는지 가물가물해지고, 지난달 업무 회의에서 누가 어떤 의견을 냈는지 기억이 흐려지는 것처럼 말이다. 하물며 당시에는 통일된 화폐도 없이 물물교환이 주를 이루었으니, 거래 내용을 정확히 기록하는 것은 생존과 직결된 문제였을 것이다.

결국 인류 최초의 문자는 '기억의 한계'를 극복하고 '신뢰의 기록'을 남기고자 하는 실용적인 필요에서 탄생했다. 마치 오늘날 우리가 계약서를 작성하고 영수증을 보관하는 것처럼, 문자는 처음부터 인간 사회의 신뢰를 담보하는 소중한 도구였던 셈이다.

누구나 삶의 문제를 쉽게 해결하고 싶어 한다. 어린 시절 고민은 단순했다. "오늘은 7시에 일어날까, 7시 30분에 일어날까?", "급식으로 나온 반찬 중에 어떤 걸 더 먹지?", "학교 갈 때 걸어서 갈까, 아니면 자전거를 탈까? 지름길로 갈까, 아니면 골목길로 갈까?" 이런 고민은 친구나 누나들의 모습을 보며 금방 답을 찾을 수 있었다.

그런데 나이 들어 가정을 꾸리니 문제가 복잡해졌다. 회사에서는 내년 수주 프로젝트 예산을 어떻게 계산하였지 증빙 자료와 함께 보고를 요청받고, 집에 돌아오면 아내가 "우리 아들이 하루 종일 게임만 해. 어떡하지?"라고 한숨을 쉰다. 거기에 "신용카드 7만 원 연체되었습니다"라는 문자까지 온다. 마치 여러 개의 공을 동시에 저글링 하는 것처럼, 이것저것 신경 쓰다가 머리카락이 흰색으로 바뀌어 가고 있다.

복잡한 마음을 정리하려고 다이어리를 쓰고 있다. 기록된 다이어리를 보면 기억이 다르다는 것도 발견한다. "오늘 또 멍때리기만 했네"라고 이해했는데, 시간이 지나고 보니 그 시간이 해결책을 찾기 위해 깊이 고민하는 시간이었다. 마치 컴퓨터가 데이터를 처리하듯, 우리 머릿속에서도 문제 해결을 위한 작업이 계속되고 있던 것이다. 또 다이어리에 쓰면서 내가 무엇이 문제점인지, 무엇에 집중해야 하는지를 명확하게 만드는 과정이었다.

혼자 고민해서 답을 찾을 때도 있지만, 혼자 하다 막히면 책의 도움을 받는다. 주변 사람들에게 물어보는 것도 좋지만, "이런 걸

물어보면 날 어떻게 볼까?" 하는 걱정이 든다. 마치 내비게이션을 켜고 운전하는 것처럼, 책은 부담 없이 길을 알려주는 좋은 안내자다. 책이 나를 평가하지 않으니, 내가 무엇을 묻고 찾는지에 대한 비밀이 완벽하게 보장되어 있는, 과묵하고 믿을 만한 친구이다.

경험상 비슷한 주제의 책 두세 권 정도를 읽으면 대부분 실마리가 보였다. 예를 들어 아이의 스마트폰 중독 문제를 해결하려고 할 때, 책 《도둑맞은 집중력》, 《포노 사피엔스》를 읽으며 해답을 찾았다. 마치 퍼즐 조각을 맞추듯, 여러 책의 지혜를 모아 내 상황에 맞는 해결책을 만들어 낼 수 있었다. 이러한 경험을 공유해 보려고 한다.

첫 번째 경험은, 업무 가운데 새로운 기술을 습득하는 과정에서 책의 중요성을 절실히 깨달았다. 신입사원 시절, 플랜트 프로젝트의 예산 산출과 보고서 작성에 필수적인 엑셀을 전혀 다루지 못했던 때가 있었다. 주변 동료들은 VLOOKUP이나 피벗 테이블 같은 함수들을 자유자재로 활용하며 효율적으로 업무를 처리했지만, 나는 수백 개의 데이터를 손으로 계산하느라 시간을 허비했다. 대학을 졸업할 때까지의 공부가 무색하게 느껴질 만큼 좌절감이 컸다. 이러한 난관을 극복하기 위해 엑셀 전문 서적을 구입하여 기초부터 차근차근 공부했다. IF 함수부터 시작해 그래프를 그리는 것까지, 야근하며 실습했고 그 결과 예산 관리 템플릿을 만들어 팀 전체의 업무 효율을 높일 수 있었다. 이는 혼자만의 성과가 아닌, 책을 통해 얻은 지식을 실무에 적용한 결과였다. 그리고 회사가 원하는 기술을 습득해야 하는 선택을 암묵적으로 강요받았다. 회사 사람들과 엑셀로 소통하지 않으면 살아남을 수 없었기 때문이다.

2023년 말에는 생성형 AI가 화두였다. 신문에 그 용어가 등장했을 때조차 나는 잘 알지 못했다. 그런데 누군가는 급격히 변화하는 세상에 관한 책을 쓰고 출간했다. 그 책을 읽고 나서 생성형 AI의 가능성을 깨달았고, 팀원들에게 교육했다. 그뿐 아니라 효율성을 높일 수 있는 팁도 공유하면서 일반적인 업무를 처리하거나 자료를 찾는 방법에서 생성형 AI를 적극적으로 활용하였다. 나보다 더 나은 기술을 가진 저자가 사람들을 돕기 위해 책을 내는 덕분에, 나 역시 그 지식을 통해 필요한 능력을 성장시킬 수 있었다. 그리고 요즘에는 자료를 검색하는 방법을 구글이나 네이버가 아니라 퍼플렉시티(perplexity)를 이용해서 검색하고 있다.

두 번째 경험은, 새로운 관점이 필요할 때 책을 읽는다는 것이다. 회사 업무에서 가장 자주 해결해야 하는 것 중 하나가 결재 문서와 공문 작성이다. 건설업에서 특히 자주 발생하는 문제는 클레임이다. 발주처와 우리 회사 간의 계약서에 의해 업무가 나뉘고, 각자의 권리가 보호되어야 하는 부분에 대해 주로 공문을 통해 문서를 주고받는다. 하지만 프로젝트 하나에서 발주처만 아니라 협력사, 컨소시엄 멤버 등 여러 기업과 복잡하게 얽힌 관계가 많다. 이해관계가 충돌할 때, 불만 사항에 대한 문서를 주고받는 것은 필수적이다. 문제는, 이런 상황에서 상대를 설득해야 한다는 것이다. 그런데 설득을 일방적인 굴복으로만 여긴다면 관계가 악화할 뿐, 해결책은 나오지 않는다. 그래서 이럴 때 필요한 것이 바로 관점의 전환이다. 상대가 남긴 문장의 이유를 나 자신에게 물어보고, 그 속에 숨은 의미를 찾아내어 서로 원하는 접점을 만드는 과정이 필요하다. 이것이 바로 협상인데, 쉽지 않다.

생각의 전환이 필요할 때 나는 주로 《협상의 기술》 같은 책을 읽으며 실마리를 찾는다. 상대의 심리를 이해하는 데 도움을 받기도 하고, 책을 통해 새로운 통찰을 얻게 되면서 해결책이 떠오르기도 한다. 나는 설득을 시작할 때 우리가 적이 아니라 공통 목표를 가지고 있다는 사항을 상기시키고, 무조건 첫 대답은 긍정의 답을 얻기 위한 방법을 이용한다.

세 번째 경험은, 초라한 감정에서 벗어나 일상에 집중하며 삶을 충실하게 만드는 방법을 제시해 준다.

내 블로그 이웃 중에는 매일 책 한 권을 읽고 꾸준히 서평을 올리는 사람이 있다. 그가 읽고 서평을 쓰는 책 중에는 내가 읽어도 도무지 이해하지 못할 책들도 있는데, 그는 능숙하게 글을 써 내려간다. 얼마 전 아내가 《소유냐 존재냐》라는 책을 읽고 독서 서평을 써야 하는 과제를 받았다. 그런데 아내는 책의 내용을 잘 이해하지 못하겠다며 나에게 도움을 요청했다. 그때 나는 내 문해력이 얼마나 부족한지 실감했다. 분명 내가 모르는 단어는 없었지만, 책을 읽고 나서도 무슨 말을 하는지 전혀 알 수 없었다. 검은 것은 글자요, 흰 것은 종이라는 느낌만 들 뿐이었다. 이때 느낀 초라함은 컸다. 책을 읽으라고 아이들에게 말하던 내 모습이 떠올라 더 창피하기도 했다.

그러던 중 아내가 좋은 해결책을 제시했다. 철학에 대한 기본적인 이해를 쌓은 뒤 다시 책을 읽어보자는 것이었다. 아내는 독서 모임에서 《철학과 굴뚝청소부》라는 책을 추천받았고, 이 책을 통해 철학의 기본 개념을 잡을 수 있다고 했다. 그래서 이 책부터 시작해 다시 《소유냐 존재냐》에 도전해 보려고 한다. 내가 철학을 공부하기로 결심한 이유는, 지금까지 읽었던 책들의 흐름 속에서 공통된 질문이 '나에 대한 이해'였기 때문이다. 철학은 이러한 질문에 가장 근접한 답을 제시해 주며, 나를 더 이상 초라하게 느끼지 않게 해 줄 거라고 믿는다.

내가 불안한 감정을 느낄 순간은, 문제 상황 안에서 무엇을 해야 할지 모를 때였다. 그러나 결과를 낼 수 있을 것 같은 가능성만 보여도, 마음속을 가득 채우던 불안감이 빠르게 사라졌다. 더 나은 해결책을 찾기 위해서는 내가 직면한 문제를 정확히 좁혀보고, 새로운 관점으로 바라보는 눈이 필요하다. 문제를 좁혀서 본다면, 천 쪽 안에서 답을 찾을 수 있었다.

ADHD는 나야 나

[유혜경]

3월 새 학기가 시작되었다. 5학년 담임을 맡았다. 교직 생활 동안 5학년 담임은 15년 전 한 번 했던 게 전부다. 그때 학생들과 지금의 학생들은 어떻게 달라졌을까? 드디어 3월 2일이 되었다. 아직은 쌀쌀한 겨울 같은 3월의 시작이었다. 드르륵 교실 앞문을 열었다. 25명의 학생들이 동그랗게 눈을 뜨고 나를 쳐다보고 있다. 추운 날씨 탓인지 새로운 환경 탓인지 한껏 경직된 모습들이었다. 사실 나도 살짝 긴장되었다. 어쩌면 속으로는 내가 더 떨었는지도 모른다.

1교시에는 내 소개를 간략하게 하고, 학기 초 필요한 사항들을 학생들에게 안내했다. 2교시에는 자리를 정했다. 3교시에는 학생들이 돌아가며 자기소개하는 시간을 가졌다. 첫날 하루가 눈 깜짝할 사이 지나갔다. 아이들은 대체로 순했다. 생각보다 질서도 잘 잡혀있었고 학급 규칙을 알려주니 잘 따랐다. 올 한 해는 무난하게 흘러가겠다고 생각하며 일주일을 보냈다. 그렇게 하루 이틀 정신없이 보내며 고개를 들어보니 어느새 3월의 끝자락에 다다랐다.

반에 ADHD 학생, 찬우가 있었다. 처음에는 곧잘 따라오는 듯했으나, 이내 긴장이 풀리자 산만함을 보이기 시작했다. 지각이 매일 계속되었다. 수업이 시작되어 다른 아이들이 일제히 책을 펴놓고 나를 바라볼 때도 찬우는 아직 가방도 내려놓지 않고 어깨에 멘 채로 멍하니 있었다. 수업이 시작되어도 엎드려서 일어날 생각을 하지 않고 일어나라고 채근하면 "나 어제 늦게 자서 정말 피곤하다고요."라며 되려 언성을 높였다. 어쩌다 수업에 깨어 있을라치면 큰소리로 내가 수업 내용을 설명하는 도중 난데없이 인과관계가 없는 엉뚱한 소리를 하며 불쑥불쑥 튀어나오곤 했다. 수학 수업 중 난데없이 게임 아이템 이야기를 꺼내 내 목소리 사이에 섞었다. 찬우의 수업 방해 행동 때문에 수업이 자꾸만 산으로 갔다. 나의 인내심은 바닥을 쳤고, 지하로 뚫고 내려가는 중이었다. 또 쉬는 시간이면 조심성이 부족해 다른 아이들과 수시로 부딪히고 다른 아이들의 물건을 실수로 망가트리기도 했다. 바람 잘 날 없는 나무 같은 날들이 계속되었다. 찬우를 따로 불러 달래도 보고 얼러도 보고 훈계도 해보았지만 도통 나아지지 않았다.

4월의 어느 주말, 나는 딸들을 데리고 도서관에 갔다. 1층 어린이 자료실에 갔다. 책 검색대 앞에 서니 ADHD라는 단어가 불현듯 머릿속에 떠올랐다. 《강아지는 모두 ADHD래요》라는 책이 보였다. ADHD 아동의 특성을 강아지에 빗대어 귀여운 사진으로 잘 표현한 책이었다. 책 속의 강아지들은 해맑고 사랑스러운 모습이었다. 책을 읽으며 알게 되었다. ADHD 아동들과 강아지는 닮은 점이 많았다. 넘치게 시끄럽고 부산하게 행동하는 것이다. 하지만 그 아이들 또한 사랑받고 싶고 인정받고 싶어 하는 욕구가 있다. 계속되는 실수에 움츠러들고 상처도 받는 것 또한 평범한 아이들과 다르지 않다. 주변에서 계속되는 질책에 소심해지기도 했을 것이다. 책장을 넘길 때마다 찬우가 나를 힘들게 했던 순간들이 스쳐 지나갔다. 나를 바라보던 짠한 눈빛도 떠올랐다. 어린이실에서 그 책을 빌리고 3층 종합 대출실에 올라갔다. 그곳에서는 《젊은 ADHD의 슬픔》이라는 책을 골랐다. 제목이 마음에 들었다. 괴테의 책 《젊은 베르테르의 슬픔》이라는 책의 제목을 패러디한 책이었다. 책을 펼치니 날개에 2021년 브런치 북 대상 수상작이라고 적혀 있었다. '정지음'이라는 20대 후반 젊은 신예 작가의 따끈따끈한 신간이었다. 그 자리에 서서 처음 몇 장을 촤라락 읽어 내려가던 나는 흠칫 놀랐다. 그녀가 토로하는 일상 속 ADHD의 슬픔은 내 이야기였다. 나도 ADHD인가? 하는 생각이 들었다. 정리 정돈 못하는 것, 한번 좋아하는 것에 빠지면 쉽게 헤어 나오기 어려워하는 것, 순서대로 일을 처리 못하는 것. 모두 나였다. 집에 돌아와서 ADHD에 대해 조금 더 찾아봤다. 본인이 ADHD였다고 고백하는 일타 강사, 정신과 의사, 연예인, 안무가. 이들의 이야기를 듣고 있자니 조금은 위로가 되었다. 몇 년 사이 한국에서 ADHD로 진단받은 인구가 급격히 늘어났으며 사람들의 관심도 높아지고 있었다. ADHD 자가진단 나에게 문항들을 스스로 질문해 보았다. 1번, 일을 마무리 짓는 게 어렵다. 체크. 나는 어떤 일을 시작하는 것은 어렵지 않지만 때로 과도하게 많은 일을 벌이기도 한다. 그리고 그것들을 수습하는 것을 가벼이 여겨 종국에 가서는 난관에 봉착할 때가 많다. 2번, 나는 일의 순서를 차례대로 따르는 것이 힘들다. '매우 그렇다.' 어떠한 일이 나에게 주어지고 그에 따른 규율같이 정해진 순서가 함께 따라오면 나는 그것을 받아들이기 힘들다. 왜냐하면 나의 방식과 속도와 맞지 않기 때문이다. 순서나 방법이 정형화되어 있으면 있을수록 답답하게 느껴지고 흥미를 잃는다. 하지만 내가 일의 순서나 방법을 정할 수 있고 그것을 진행하면서도 상황에 맞게 변경할 수 있는 과제는 그 과정에 빠져들어 즐겁게 한다. 3번, 약속이나 해야 할 일을 잊어버려 곤란을 겪은 일이 있습니까? '매우 그렇다.'

ADHD를 앓고 있는 미국 존스 홉킨스 대학 소아정신과 교수 지나 영 교수는 ADHD 환자는 한 가지 생각을 붙잡고 있기 어렵다고 했다. 단 2분도 붙잡지 못한다고. 다행히 ADHD도 나름의 습관을 만들면 일상생활에 어려움을 덜 겪을 수 있다. 휴대폰은 매우 유용하다. 캘린더 기능을 이용하면 알람을 여러 개 설정하여 중요한 일을 잊지 않을 수 있다. 또는 인공지능 기능 (빅스비, 쉬리 등)에게 리마인드로 알려달라고 수도 있다. 현대 과학 기술의 발전은 ADHD인에게 많은 도움을 주었다. 서울 아산병원 ADHD 질환 설명 페이지에는 이러한 문구가 적혀 있다. '증세가 가벼운 환자는 증세를 스스로 조절합니다. 한꺼번에 여러 가지 일에 집중하는 '병행 업무 수행(multitasking)'은 현대 사회에서 재능으로 간주됩니다. 이 때문에 성인 ADHD 환자 중에는 동시에 여러 일에 집중하면서 성취해 내는 사람도 있습니다.' 내일이면 또 찬우는 지각하고, 수업 시간에 끼어들며 나의 인내심을 시험하겠지. 그래도 올해 찬우를 만나 나의 미숙함을 마주할 수 있었다. 감사하다. 2024년이 한 달 남짓 남았다. 남은 시간 무탈하게 보내고 2025년에는 나도 찬우도 올해의 경험을 거울삼아 조금은 성숙한 모습이 되어 있기를. 찬우야, 고맙다. 2024년을 떠올리면 네가 많이 생각날 거야. 내일은 지각하지 마!

읽고 일하며 살아간다

나에게 위로가 필요해

[윤보라]

첫 번째, 지독히도 외로웠던 사춘기

아주 어렸을 적에 형제, 자매가 많은 아빠 덕분에 많은 식구 사이에서 북적북적하게 살았다. 그리고 식구들이 하나, 둘 떠날 때마다 쓸쓸함에 너무 슬펐다. 사람을 좋아했던 나는 외로운 게 무척 힘들었다. 남매로 자란 나는 같은 성별이 아닌 남동생과 자라다 보니 그 외로움은 더 컸던 것 같다. 그래서 친구와 같이 노는 것을 좋아했는데 어쩌다 친구와 다투거나 소원해지는 일이 생기면 외로움이 몰려와 감정을 다잡기가 많이 힘들었다. 그리고 엄마의 술로 인한 병은 어렸던 나에게 감당하기 어려운 짐이었다. 8살부터 집의 살림을 도맡아 해야 했다. 아버지와 자주 다투는 엄마를 감당하기 버거웠다. 현실에서 벗어나고 싶어 죽음을 꿈꾸었던 적도 있다. 그때마다 나를 지탱해 준 건 일기장과 책장에 꽂혀 있던 책이었다. 쓰나미같이 밀려오는 감정들을 매일 저녁 일기를 쓰며 털어버릴 수 있었다. 전집을 한 권씩 꺼내어 읽으며 힘든 감정들을 책 읽는 순간이나마 잊어버릴 수 있었다. 아버지가 지인을 통해 사주신 금성출판사에서 나온 위인전 100권은 나에게 큰 전환점이 되었다. 책 속에 있는 위인들은 모두 극한 환경 속에서 어려움을 극복하고 자란 인물들이었기에 그들의 전기를 읽으며 위로받을 수 있었다. 누구도 알아주지 못한 나의 마음을 책 속의 인물들에 비춰가며 나를 다독였다. 책을 읽으며 위로를 얻던 나는 더 많은 책을 읽으며 아직 낫지 않은 상처를 치유 받고 싶었다. 책 읽는 시간 동안만이라도 지옥 같은 환경에서 벗어나고 싶었다. 그러나 무료함을 술로 달래던 엄마는 우리의 육아도 교육에도 관심이 없었다. 책을 사달라고 수 차례 졸라보기도 했지만 책을 사주는 것에는 관심이 없으셨다. 그래서 집에 있는 그 위인전을 헤질 정도로 읽고 또 읽었다. 지금도 몇 페이지에 어떤 내용이 있고 몇 페이지에 어떤 그림이 있는지 눈에 환할 정도로 시도 때도 없이 읽었다. 나의 사춘기는 책을 읽으면 위안을 받았다.

 두 번째, 열일곱 살의 반 가장이 된 나의 학창 시절

 열일곱 살, 아버지가 갑작스런 사고로 돌아가셨다. 어머니는 아버지와의 사별을 감당하기 어려워하며 더 술에 매달리셨다. 어머니는 더 이상 나에게 보호자의 역할을 해줄 수 없을 만큼 망가져 있었다. 아버지에 대한 그리움도 혼자 감당해야 했다. 부모에게 의지하기 어려우니 지금 내가 해야 하는 것들에 충실히 해야 했고, 공부를 열심히 해야만 나의 삶을 개척할 수 있을 것 같았다. 그래서 공부를 열심히 했다. 공부를 열심히 하면 할수록 내가 모르는 것이 너무나 많다는 걸 알게 되었다. 남들보다 더 열심히 했지만 늘 부족하다는 생각에 불안해 힘들었다. 나를 돌봐줄 사람이 없다는 생각에 늘 외로웠다. 외로움에 지쳐 있을 때 옆 친구가 준 책 한 권이 나를 또 다른 세계로 안내해 줬다. 제목도 기억나지 않는 그 책은 나에게 삶의 희망을 안겨 주었다. 나도 그 책 주인공이 될 수 있을 것 같았고, 나도 그렇게 성공할 수 있을 것 같았다. 누구보다도 주인공처럼 살고 싶다는 생각이 간절했다. 책을 읽으며 주인공 같은 삶을 사는 꿈을 꾸고 열심히 공부했다. 힘들었지만 불안을 이겨내며 열심히 공부해 대학에 들어갔고 대학에서도 훌륭한 성적으로 졸업했다.

세 번째, 나의 육아

그동안의 독서는 나를 스스로 위로해 주는 셀프 위안이자 회피의 도구였다면 내가 결혼과 육아를 하며 했던 독서는 지식을 얻기 위한 일이었다. 인공수정과 여러 번의 시험관시술을 거쳐 자연임신으로 얻은 첫 아이가 얼마나 귀한 아이였는지 말로 다 표현하기가 어려울 정도였다. 아이를 잘 키우고 싶었다. 그러나 초보 엄마였던 나는 아이를 키우는 것에 대한 정보가 하나도 없었다. 임신부터 출산까지 필요하다고 들은 책들을 준비해 두고 필요할 때마다 꺼내보았다. 먼저 육아의 바이블이라는《임신육아대백과》를 읽기 시작했다. 아이가 아플 때, 이가 날 때, 똥으로 아이의 건강을 살펴보는 방법 등을 알게 되었다. 옆에 두고 참고한 책 덕분에 당황하지 않고 차분하게 육아를 할 수 있었다.

잠을 못 자는 예민한 아이 때문에 고민이었을 때는《베이비위스퍼》를 읽었다. 잠을 자는 패턴, 성장의 방해 요소, 성장통의 시기

등을 알게 됨으로써 아이의 울음으로 예민해진 내 마음을 달래고, 내 마음이 달래지니 잠으로 힘들어하는 아이의 마음도 알아주며 아이의 울음과 수면도 달랠 수 있었다.

육아서를 통해 신생아, 영유아시기의 발달을 이해하게 된 후, 아기가 커가면서 궁금한 내용을 책을 통해 해결하기 시작했다. 육아 노하우도 점점 쌓였다. 독서 덕분에 나는 아이를 안전하고 건강하게 잘 키울 수 있는 사람이구나 나 스스로를 대견하게 생각하기 시작했다.

아이가 자라면서 유아교육에도 눈을 뜨기 시작했다. 두뇌 발달과 유아 독서는 나의 주요 관심사였다. 내 자식이 나보다는 좋은 교육 환경에서 자라길 바랐다. 그래서 시기별, 단계별 책, 출판사별 시리즈까지 책을 선정하여 집에 들였다. 집에 책이 있는 환경 속에서 자란 아이들은 책 읽은 것이 자연스러웠고, 독서를 즐기게 하는 바탕이 되었다. 유아교육에 관한 독서는 내가 다시 일을 시작할 때도 영향을 주었다. 특히 사람을 대면하면서 진행했던 상담은 책으로 다져온 지식과 경험이 빛을 발휘했다.

네 번째, 나의 결혼생활

출산과 일로 힘들었던 나는 집안일을 두고 남편과 다투는 일이 종종 생겼다. 집안일 분배가 조율되지 않으니 나는 남편과 더 심각한 갈등을 겪게 되었다. 하지만 아이를 잘 키우려면 부모가 다투는 모습을 보이는 것이 아이에게 좋지 않다는 것을 알고 있었기 때문에 불편한 대화를 걸어오는 남편을 피하곤 했었다. 하지만 참기만 하며 내 화와 감정을 정리하지 못하니 그것이 쌓여 남편에게 원망스러운 말투를 사용했고, 남편도 참지 못하고 말끝마다 화를 내며 큰 소리로 버럭 소리를 질렀다. 그럴수록 더 대화가 하기 싫었다. 더 큰 갈등을 피하기 위해 남편과 이야기하는 것을 회피했다. 대화만 했다 하면 서로에게 상처를 주고 대화가 끝이 났다. 도움받을 곳 없고 하소연할 곳 없던 나는 혼자 모든 상황과 일을 감당해야 했고, 육아까지 더해 몸도 지치고, 마음도 매우 지쳐 우울증까지 왔다. 삶이 송두리째 무너지는 느낌이었다. 몸과 마음이 만신창이가 된 나는 극단적인 생각까지도 했었다.

어느 날 인터넷 카페에서 '천 번을 흔들려야 여자가 된다'라는 슬로건으로 독서 모임 회원을 모집하고 있었다. 심리상담도 같이 병행해 준다는 것에 이끌려 모임에 참여하게 되었다. 그 모임은 나와 같이 관계의 불편함을 해결하고자 하는 사람들의 모임이었다. 부부 갈등, 자녀와의 갈등, 부모와 갈등 각자의 고민은 달랐지만 간절하게 그 문제들을 해결하고자 했다. 그 독서 모임을 통해 여러 사례들을 듣고 문제를 해결해 나가는 과정을 배울 수 있었고, 나도 나의 진짜 마음을 알아차리는 기회를 만날 수 있었다.

《비폭력대화》라는 책으로 사후 모임도 이어가게 되었다. 《비폭력대화》를 통해 '나전달법'을 배웠다. 내가 하고 싶은 말이 아니라 상대방을 생각하며 조심스럽게 했던 말들이 오히려 오해를 만들었다. 정확하게 내가 하고 싶은 말을 하는 것이 핵심이었다. 내가 말하는 것이 남 탓하는 것이 아닌데 전달하는 과정에 '나'라는 주체가 빠지니 오해가 생겨 상대방의 마음에 상처를 주었던 것이었다. 그래서 나의 입장에서 말하는 방법을 배워 남편과의 대화에 바로 적용을 해 보았다. 육아와 살림은 도와주지도 않고 방문을 닫고 쉬고만 있는 남편에게 '방에서 아무것도 안 하고 뭐 하고 있는 거야?', '집안일도 안 도와주고 뭐 해?'라는 말 대신 '내가 지금 설거지하고 있는데 쓰레기 좀 버려주면 안 될까?'라고 정확히 내가 원하는 것을 말하기 시작했다. 돌려 말하며 상대방이 알아주길 바라는 마음을 줄였다. 내가 원하는 말을 전달하는 방법만으로도 대화가 매끄럽게 이어졌다. 부드러운 대화를 통해 남편과의 갈등을 하나씩 줄여나갈 수 있었다.

마지막, 사업의 시작

지금의 사업을 선택한 것도 그동안의 내가 갖고 있던 독서에 대한 긍정적인 경험 덕분이었다. 하지만 독서를 해 봤고, 독서를 통해 성장했다는 경험만으로는 사업을 지속하고 성장시키기엔 어려움이 있었다. 그래서 사업을 하기 위해 돈에 대한 마인드 세팅부터 하기 시작했다. 《THE BOSS》와《멘탈의 연금술》을 통해 나의 한계 너머에 있는 나를 만나 나아가야 할 길을 생각해 볼 수 있었다. 본부장이라는 직을 맡아 산하에 여러 원장들을 맞이하고 소통하는 과정에서 아직 학원 사업이 초보인 나는 베테랑 원장들을 대하기 어려웠다. 그럴 때도 독서를 통해 익힌 마인드 세팅으로 감정을 다스리고 내가 해야 할 것들에 집중했다. 그리고 내 사업에 대한 확신이 부족할 때도 독서, 공부 및 관련 책을 읽으며 독서 영역에 대한 지식과 정보를 얻어 성공에 대한 확신을 얻을 수 있었다. 원장들의 성장이 곧 나의 성장임을 알기에 마케팅 및 심리학 관련 책을 보며 미팅자료도 만들고, 기획도 했다. 그렇게 나의 지식과 경험을 원장들과 공유하면서 성장을 위해 그리고 오늘보다 나은 내일을 위해 열심히 책을 읽는 중이다.

나에게 딱 맞는 옷이 필요하다.
아날로그 단권화 [정교윤]

고등학교 때 성적이 오르지 않았다. 중간, 기말시험을 칠 때마다 공부한 내용이 기억나지 않았다. 수능 수학에서 매번 4등급을 받았다. 마지막에 나오는 확률과 통계 부분을 모두 틀렸다. 그래서 확률과 통계 부분만 나와 있는 EBS 문제집을 골랐다. 얇고 수준별 문제가 제시되어 있었다. 수학 공부를 시작할 때마다, 처음으로 돌아가 풀었던 모든 문제를 다시 풀어 본 다음 진도를 나갔다. 진도가 나갈수록 복습의 양은 많아지지만, 앞에 있는 문제는 거의 외우다시피 하게 되었다. 더 이상 풀지 않아도 되는 문제들이 생겨나면서 복습의 양은 감당이 되었다. 심화 문제 중에 아예 이해가 안 되는 문제는 답을 문제 밑에 적어 놓고 매번 복습할 때마다 가리고 풀어 보았다. 얇은 문제집 한 권은 너덜너덜해졌다. 이 과정 후, 나는 확률 통계 문제는 초등 문제처럼 쉽게 느껴졌고 어떤 문제가 나와도 자신감 있게 풀었다. 결과도 당연히 좋기에 다른 과목에도 적용하기 시작했다.

사회 탐구 중 세계 지리를 선택했다. 시중에 있는 위로 넘기는 수능 모의고사 모음집이 출판사 별로 다양하게 나와 있었다. 얇은 문제집 안에는 8회 정도의 모의고사 문제가 있었다. 시중에 있는 세계 지리 모의고사 문제집을 모두 샀다. 총 10권 정도 됐던 것 같다. 이렇게 10권의 문제집을 풀다 보면 문제가 거기서 거기였다. 새로운 지도나 지문이 나오면 빠짐없이 공책에 오려 붙이거나 정리했다. 10권의 문제집은 노트 5장 정도로 요약이 되었고 수능 전날까지 암기했다. 수능 당일, 문항과 지도는 내가 다 봤던 것이었다. 여러 권의 문제집을 풀었더라도 한 권으로 요약하는 방법을 '단권화'라고 부르기 시작했다. 내가 알아야 할 내용들은 모두 한 곳에 모은다. 그대로 베끼는 것이 아니라 보기 쉽게 재구성한다. 그리고 반복해서 본다. '단권화'는 수능 때보다 분량이 많았던 임용고시 준비에도 적용했다. 교사가 된 이후에도 암기해야 하는 부분들을 모아 한 권의 노트에 요약했다.

교사가 되고 처음 몇 년간은 자료를 자르고 붙이고 메모하는 아날로그 단권화 방식이 비효율적이라 생각했다. 필요한 정보를 검색하는 것이 더 빨랐다. 다시 모으고 정리하는 것은 시간 낭비였다. 1년간은 교실 놀이, 체육활동, 수업 도구 등의 자료를 하드디스크나 드라이브에 자료를 모았다. 모으면 뭐 하나. 이 자료를 다시 찾아보지 않았고 처음 찾는 사람처럼 다시 책을 뒤지기 시작했다. 매번 찾아 활용한 내용은 그물이 되어 빠져나가고 경력이 쌓이면서 불안하기까지 했다. 열정은 넘치고 창의적인 일을 좋아하는 나름 훌륭한 교사인데 어떤 반을 맡아도 이겨낼 수 있는 단단한 나만의 무언가가 없는 것 같았다. 온라인으로 정리하고 모으는 방식은 나를 성장시키지 못했다.

일을 창의적으로 계획하는 것을 좋아한다. 많은 것을 고려해야 하고 신중하게 일을 추진해야 하는 학교 일은 쉽지 않았다. 2년 차부터는 혼란스러웠다. 학생 생활지도, 교과 지도, 담당 업무, 학부모 상담 등의 학교 일에 어려움이 생길 때 이미 겪어본 선배들에게 조언을 구했다. 하지만 이 소중한 선배들의 경험과 조언은 내게 별 도움이 되지 못했다. 내가 겪고 있는 일에 대해 말로 설명하는 것은 한계가 있었으며 이와 같은 상황을 똑같이 겪을 일도 드물다. 왜냐하면 선생님이 만난 학생과 학부모는 모두 다르기에 비슷한 예는 있을지 모르지만, 여기에 딱 맞는 방법을 찾을 수 없었다. 선배 선생님들의 이야기를 듣고 실천에 옮기다 보면 내 옷이 아니기에 부자연스러웠고 완전히 해결되지도 않았다. 결국 이 문제를 해결해야 하는 것은 나였다.

갇힌 유리통에 벼룩의 점프 높이가 한정되는 것처럼 내가 교사로서 역량을 발휘할 수 있는 높이가 점점 낮아지는 것 같았다. 변화를 원하지 않고 유지만 하는 단체의 마지막은 침몰뿐이다. 마인드도 향상시켜야 했고 노하우도 쌓을 필요가 있었다. 다시 아날로그 방법에 의지해보기로 했다. 책을 찾기 시작했다. 방대한 책에서 내 입맛에 맞는 것을 골라 필요한 부분을 발췌한 후 교실에 적용했다. 예를 들어, 수업에 집중하지 않는다면 수업 놀이책에 있는 방법을 교실에 적용했다. 아이들이 어떻게 반응할지 기대되어서 평소보다 출근을 서둘렀다. 어서 1교시 수업을 진행하고 싶었다. 교실에 적용할 놀이 노하우가 담긴 책을 읽기 시작했더니 다른 놀이책도 읽어보고 싶었다. 적용하고 싶은 놀이 법을 바인더에 정리했다. 책에서 방법만을 옮겨 쓴 것이 아니라 내 수업 의도, 적용한 놀이, 아이들 반응까지 추가로 메모했다. 하다 보면 같은 놀이라도 나만의 방식으로 재구성되거나 변형하게 된다. 이것들을 단권화 바인더에 기록해 두었다. 단권화 바인더에 기록한 순간 이미 내 것이 되어 있었다.

　수업에서 빠질 수 없는 활동이 협력학습이다. 4명씩 모둠이 되어 각각 역할을 부여하여 함께 결과물을 만들어 내는 활동이다. 협력학습에 관한 책이 많았기에 열심히 읽고 적용해 보았다. 경력 5년 미만의 자칭 신규 교사라 부르는 나의 협력학습은 잘 진행되지 않았고 활동을 하지 않고 있는 모둠에 가서 화를 내고 말았다. 시작도 하지 않고 멍하니 있는 5학년이 너무나 답답했다. 나는 이렇게 열심히 공부하고 준비해서 야심에 차게 시작했는데 아무것도 안 하고 있다니. 그날은 내가 화내고 있는 모습은 지금도 지우고 싶은 기억이 되었다. 이렇게 책을 찾아 실천해도 실패하는 이유는 나에게 있었다. 책에 있는 그대로를 가지고 와서 수업하는 것이 문제였다. 놀이 단권화 바인더처럼 협력학습 관련 책을 읽고 다시 내 방식대로 재구성하여 정리해야 했다.

　책을 쓴 사람은 한 분야에서 오랜 세월을 계획하고 실천해 보면서 수정한다. 협력학습 관련 책들은 연구하여 교실에서 적용해 보고 몇 년에 걸쳐 수정하여 만들어 낸 노하우다. 놀이수업과 협력학습도 마찬가지다. 어떻게 보면 이것도 책을 쓴 선생님의 경험담이다. 우리 교실에 있는 아이들과 수준이 달랐고 협력학습을 접하는 기회도 달랐다. 결국은 책을 통해서 방법을 찾아 나만의 방식으로 재해석하여 만들어 내야 했다. 이 과정은 결국 하루아침에 완성되는 일이 아니다. 책에서 힌트를 얻어 나만의 것으로 탈바꿈시키는 작업은 일찍이 이루어져야 했다. 그것이 나의 노하우가 되어 어려움이 닥치면 그 경험으로 헤쳐 나가야 했다. 그래서 나는 문제가 생기면 독서하기 시작했고 독서한 내용을 재구성하여 단권화 바인더에 차곡차곡 모으기 시작했다.

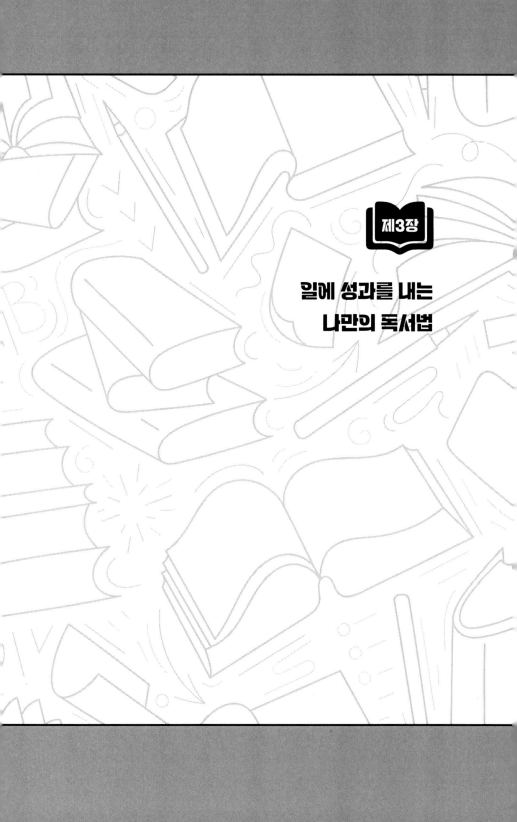

제3장

일에 성과를 내는
나만의 독서법

독서를 위한 환경 설정, 공언 독서법
[강혜진]

독서가 좋다는 것은 일찍이 알고 있다. 읽어야 하는 이유도 많고, 읽고 싶다는 의지도 크지만 실천은 늘 어렵다. 업무하랴, 집안일하랴, 아이들 챙기랴 정신없이 사는 워킹맘에게는 더욱 그렇다. 책만 펴면 잠이 쏟아져 책장 한 장 넘기기가 쉽지 않았다. 읽어야지 생각하며 써 놓은 책 제목이 벌써 노트의 대여섯 페이지를 넘어갔다. 읽지도 않는데 책 욕심은 많아서 사 놓고 책장에 꽂아 놓기만 한 책도 수백 권은 족히 된다. 이대로는 안 되겠다 싶었다. 나에게도 '배수의 진'이 필요했다. 독서할 수밖에 없는 환경 설정 말이다. 나와의 약속은 좀 어겨도 된다고 가볍게 여기면서 남과의 약속은 목숨 걸고 지키는 내 성격에 딱 맞는 독서법이 있었다. 바로 독서 하겠다고 많은 사람에게 알리는 것이다. 나는 이것을 '공언 독서법'이라고 부르기로 했다. 독서 시간을 확보하기에도 좋고 읽은 내용을 온전히 나의 것으로 소화 시키는 데도 도움이 되는 공언 독서법. 독서하겠다고 공언하고 그 약속을 지켜가는 나만의 공언 독서법을 소개할까 한다.

첫째, 독서 목표를 공개한다. 한 달 동안 실천할 구체적인 목표를 공개하고 이를 지켜나가는 사람들과 오픈 채팅방에서 함께 활동한다. 매월 초에 자신만의 독서 목표를 공유하고 월말이 되면 목표했던 것과 실행한 결과를 비교해 본 리뷰도 공개한다. 의욕이 넘치던 나는 오픈 채팅방에 처음 참여했던 날 한 달에 10권의 책을 읽고 매일 2편씩 블로그에 글을 발행하겠다는 계획을 세운 적이 있었다. 처음 세운 목표라 꼭 달성하고야 말겠다는 마음으로 겨우 목표치를 채웠다. 너무 욕심을 부려 실천하는 것이 힘들었던 나는 그다음 달에는 충분히 소화할 수 있을 만큼 목표치를 낮추었다. 매주 1권의 책을 읽고 매달 2편의 서평을 쓰기로 말이다. 계획과 실행 내용을 다른 사람과 공유해 가며 독서하고 자신의 수준에 맞게 계획을 수정해 나가는 과정을 통해 요즘은 한 주 한 권의 책을 깊이 있게 읽고 그 감상을 기록해 나가고 있다.

둘째, 온라인 독서 모임에 가입해 새벽 첫 루틴으로 독서를 실천한다. 매일 아침 출근하기 전, 루틴 몇 가지를 정해 실천하는데 첫번째가 바로 독서다. 혼자서는 새벽 시간에 한 시간씩 독서하기가 쉽지 않다. 침대에서 몸을 일으켜 책상 앞에 앉기가 가장 어렵다. 일단 책상에 앉아 책을 펴더라도 아직 덜 깬 채 흐트러진 모습으로 읽다 다시 누워 자기를 반복하곤 했다. 그래서 온라인 독서 모임에 가입했다. 매일 새벽 4시 45분, 전국에 있는 사람들이 일제히 줌 화면을 켜 놓고 각자의 장소에서 각자의 책을 펼쳐 독서를 한다. 화면을 켜고 끄는 것도 자유 의지다. 나는 흐트러지지 않기 위해 일부러 화면을 켜놓고 독서를 이어갔다. 덕분에 책상에 바르게 앉는 것부터 습관으로 만들 수 있었다. 매일 새벽 독서를 이어온 지 1년이 지났다. (요즘은 매일 아침 2시간 동안 읽고 쓰는 온라인 모임에 참여 중이다.) 아침에 읽은 책에서 마음에 드는 문장을 발견하면 형광펜을 그어놓고 독서 노트에 옮겨 쓴다. 그중 우리 반 학생들에게 들려줄 만한 문장이 있으면 기억해 두었다가 조회 시간에 전달한다. 좋은 습관도 기르고 업무에도 도움이 되는 새벽 독서 시간 덕분에 매일 아침 이미 성공한 느낌으로 하루를 시작할 수 있다.

셋째, 서평 쓰고 독서 토론하는 모임에 가입한다. 서평을 공유하고 독서 토론에 참여하기 위해서는 모임에서 정한 책을 반드시 읽어야만 한다. 평소에 관심 없어 하던 분야의 다양한 책을 접할 수 있어 좋다. 특히, 고전 문학과 경제, 의학 분야의 책과 같이 내 의지로는 절대로 선택하지 않았을 다양한 분야의 책을 만나고 읽어내려가는 재미를 느낄 수 있다. 같은 책을 읽고 다른 감상평을 쏟아내는 사람들과 소통하면서 지식과 경험의 다양함, 생각의 차이를 이해할 수 있는 기회를 얻는다. 서평을 쓰고 독서 토론을 하다 보면 읽었던 내용을 더 깊이 있게 이해하는 데에도 좋다.

넷째, 서평단으로 적극 참여한다. 가끔 블로그나 SNS에서 서평단을 모집하면 책의 장르와 작가를 따지지 않고 신청부터 하고 보는 편이다. 운이 좋으면 유명 작가의 출간 전 도서를 미리 받아보고 대중보다 먼저 읽는 특혜를 누릴 때도 있다. 출판사로부터 제공받은 책을 읽고 서평을 쓰는 재미도 있다. 서평 쓰는 것을 목표로 읽을 때는 문장에 집중하기보다는 책 전체의 짜임과 책을 쓴 작가의 의도를 살펴보게 된다. 온전히 즐기기 위해 느슨한 자세로 독서하는 것과는 다르게 서평 쓰기를 목표로 책을 읽으면 더 몰입해 읽을 수 있다는 장점도 있다. 책을 읽은 후 정성 들여 서평을 작성하고 온라인 서점의 리뷰 게시판에 서평을 남긴다. 작가와 출판사도 돕고, 이 책을 골라 볼 독자들도 도울 수 있어 뿌듯함까지 덤으로 느낄 수 있다.

다섯째, 글을 읽고 느낀 점을 정리해 노트에 기록하고 블로그에 발행한다. 단 몇 줄, 몇 페이지라도 읽은 후 마음에 드는 부분이 있다면 내 느낌을 덧붙여 블로그에 글을 쓰고 발행 버튼을 누른다. 그저 읽기만 했다면 재미있다, 좋다 생각하고 놓쳐버렸을 문장들이 블로그에 기록으로 남는 순간 나에게는 특별한 한 페이지가 된다. 비슷한 관심을 가진 사람들과 댓글과 답글로 소통하다 보면 내 생각에 다른 사람들의 생각이 더해져 읽은 내용을 확실히 내 것으로 소화 시키는 데에도 도움이 된다. 이렇게 기억했던 내용은 다음 개인 저서를 집필할 때, 수업 시간에, 강의할 때, 적재적소에 어울리는 문장으로 활용하기에도 좋다.

여섯째, 매일 저녁 아이들과 함께하는 독서 모임 참여로 책 읽는 집안 분위기를 만든다. 자녀에게 독서 습관을 길러주고 싶어 하는 부모가 많다. 이런 고민을 하는 사람들과 뜻을 모아 '딱삼독'이라는 온라인 독서 모임에 참여하고 있다. '딱삼독'이란 '딱 30분,

독하게 독서하는 모임'의 줄임말이다. 아이들과 학부모가 매일 저녁 30분씩 노트북의 카메라를 켜고 함께 독서한다. 어깨 너머로 엄마의 독서하는 모습을 보고 아들과 딸이 가끔 참여하고 있다. 아이들에게 책 읽으라 강요하다가 독서에 대한 반감을 심어주게 될까 봐 엄마인 나는 그저 읽는 모습만 자주 보여주려 노력한다. 어느 날, 독서하는 엄마 옆에 앉은 아이가 우연히 펼친 책에서 재미를 느끼면 좋겠다는 생각에 꾸준히 읽는다. 조카도 함께 읽고 지인의 가족도 참여한다. 우리 반 학생 중 몇 명도 매일 함께 '딱삼독'한다. 나의 독서 경험이 내 주변의 사람들에게도 긍정적인 영향을 미치고 있는 것 같아 뿌듯한 기분이다.

공언 독서법을 실천한 지 일 년이 좀 넘었다. 책과는 먼 인생을 살고 있었지만 독서 환경을 설정한 후부터는 독서량도 늘고 생각의 폭과 깊이가 더해지고 있음을 느낀다. 읽고 흘러 버렸을 내용을 기록으로 연결해 가면서 좋아하는 작가도 생기고 기억에 남는 문장도 몇 개 생겼다. 자연스럽게 글로 내 생각을 표현하는 능력도 늘고 있다. 서가에 꽂힌 책의 묵은 먼지를 한 권씩 닦고 읽어갈수록, 형광펜을 긋고 인덱스 테이프를 붙인 책이 늘어날수록, 내 인생에 철학이, 사색이 하나씩 적립되어 가는 것 같다. 독서를 통해 가성비 좋은 성취감을 느끼며 살게 되었다.

독서는 나에게 읽는 사람이라는 정체성을 부여하고, 어른스러운 사람, 떳떳한 교사가 될 수 있다는 희망을 갖게 해 주었다. 그

읽고 일하며 살아간다

래서 매일 바쁜 일이 있더라도, 단 한 페이지라도, 빠트리지 않고 독서를 실행하겠다고 반복해서 공언한다. 독서할 수밖에 없는 환경을 만들었더니 이제 독서하지 않은 날은 숙제가 남은 것처럼 잠자리도 편하지 않다. 독서가 몸에 배어가고 있다.

 세상을 어떻게 바라봐야 할지 알려주는 철학 서적들과 시간을 알차게 보내며 성과를 내라고 일러주는 자기계발서, 소소한 일상을 공유하며 깨우침을 주는 에세이, 다른 사람의 인생을 간접 경험하게 하는 소설책까지. 책 속에는 사람을 얻는 지혜에서부터 어떻게 살아야 할지를 알려주는 삶의 이정표까지 모두 들어있다. 내가 먼저 열심히 읽어서 좋은 어른의 모습을 갖추려 한다. 그런 내 모습을 보고 내 자녀들과 우리 반 아이들도 열심히 독서하는 모습을 상상해 본다. 상상이 현실이 될 때까지 나는 독서를 꾸준히 이어 나갈 예정이다. 이 책에도 공언했으니 아마 앞으로도 계속해서 꾸준히 독서하는 삶을 살지 않을까 싶다.

자산이 되는 3가지 재독법
[김나라]

책을 읽는다고 무조건 성공하는 건 아니다. 그러나 성공하는 사람들 대부분은 책을 가까이한다고 했다. 성공의 기준은 사람마다 다르지만, 독서는 어제보다 더 나은 위해 시도하는 힘을 준다. 팀 페이스의 책《마흔이 넘어서》에서 작가 알랭 드 보통은 말했다. 진정한 성공은 매우 특별한 재능을 가진 천재나 돈이 많은 사람의 모습이 아니라 평화로운 상태에 놓여 있다는 뜻이라고. 독서를 이어가는 내 일상도 어쩌면 불안을 넘어 가까이에 있는 오늘을 나답게 살아가도록 돕는다.

현재에 사는 노력은 나의 다이어리 속에 존재한다. 매일 일상의 기록이 오늘을 증명한다. 필요한 책을 찾듯이 잠들기 전 내일 할 일을 스스로 묻고 기록한다. 저녁에는 하루를 마감하며 실행 여부를 체크한다. 다이어리에는 공부방 설명회, 첫 책 출판, 운영, 홍보, 상담 등 일상이 녹아 있다. 좋은 글귀, 활용하고 싶은 문장도 한쪽에 적어 둔다. 나름의 성과라고 여겨지는 일에 대한 감사도 적어 본다. 계획과 실행, 한 줄의 문장에서 오늘의 힘을 얻는 일,

감사하는 마음을 가지는 것도 독서로 얻은 지혜다. 이러한 지혜를 내 일상에 적용할 수 있었던 이유를 되돌아본다. 그중 하나는 재독의 힘이다. 재독은 책을 다시 읽는다는 뜻이다. 나를 채우는 자산이 되었던 나름의 재독 방법 3가지를 책에 담아보려 한다.

 첫째, 일 년 재독법이다. 새로운 해가 시작되기 전 일 년 동안 읽을 자기 계발 분야의 책 한 권을 선정한다. 나만의 인생 책을 고르는 것이다. 올해는 《마흔이 되기 전에》였다. 한 권에 담긴 작가의 생각과 모습, 행동을 내 일상에 적용할 수 있는 점을 찾아 실행해 본다. 먼저, 첫 장부터 끝장까지 정독한다. 그리고 다시 읽을 때마다 색이 다른 형광펜이나 볼펜으로 밑줄을 긋는다. 읽어야 하는 양은 따로 정해두지 않지만, 매일 잠들기 전이나 아침 등 일정한 시간에 루틴처럼 챙겨 읽는다. 연필을 꽂아두고 그날 떠오르는 아이디어나 이어지는 생각을 적기도 한다. 좋아하는 책 한 권을 정해두니 고르는 시간과 에너지도 아낄 수 있다. 자기 계발서 책인 만큼 나를 관리하는 힘이 되어준다. 오늘을 살아가는 나에게 무엇이 더 중요한 일인지 조언해주는 든든한 멘토인 셈이다. 자기 계발 분야의 책은 뇌 과학, 인간 심리를 객관적으로 볼 수 있는 시야를 넓힐 수 있는 장점이 있다. 성격과 기질이라는 한정적인 틀에서 벗어나 인간으로서 나를 이해하고 알아차림을 돕는다. 올해 선택한 책으로 설정한 목표는 하루 시작의 기분을 관리하여 감정 에너지를 줄이고, 작은 성공을 이어가는 내가 되는 것이다.

어떤 모습으로 어떻게 살아가야 하는지에 대한 지혜는 일과 성과로도 이어지는 기본임을 깨닫게 했다. 매일 아침 눈 뜨자마자 의식적으로 입꼬리를 올린다. 이불을 개고, 거실로 나와 올리브오일로 입을 헹군다. 양치 후 따뜻한 레몬차를 마시고, 때때로 명상하고, 땅콩버터를 바른 사과와 블루베리를 먹는다. 성공한 작가의 삶을 보며, 오늘을 살아갈 나만의 조용한 자신감을 키워낸다. 실천하며 재독하는 첫 번째 방법이다.

둘째, 세 번 재독법이다. 꼼꼼하게 읽기와 빠르게 읽기를 섞어놓은 방법이다. 새로 알아야 할 정보를 찾고, 업무적으로 공부할 내용을 얻기 위해 읽는 방법이다. 한 달에 한 권 정도 이 방법으로 책을 읽는다. 나만의 세 번 재독법은 이렇다. 첫 번째 읽기에 새로 알게 된 중요 부분을 연필로 밑줄을 그으며 읽으며 포스트잇을 붙인다. 폭넓게 읽기 때문에 포스트잇이 붙여진 부분이 꽤 많다. 두 번째 읽기에서는 포스트잇이 붙여진 페이지만 펼쳐 연필로 그은 부분만 다시 읽는다. 연필로 그은 부분 중에서 더 중요하다고 생각되는 부분에 펜으로 다시 선을 긋는다. 마지막 세 번째 읽기는 두 번째 밑줄 그은 부분만 읽으며 기록으로 남기고 싶은 문장을 필사 노트에 적는다. 한 권의 책을 모두 기억하기란 어렵다. 내가 필요로 하는 부분, 마음에 닿는 문장을 뾰족하게 찾을 수 있다. 피라미드 형식처럼 좁혀가는 세 번 재독법은 기억을 선명하게 남길 수 있는 장점이 있다. 세 번에 걸쳐 읽는 이유는 두 번째 읽는 과정과 첫 번째 읽는 내용의 중요도가 다르게 느껴질 수 있기 때문이다. 한 권을 소화하는 나만의 방법이다. 그렇게 모인 필사 노트 속의 기록은 글감이 생각나지 않을 때, 독서 시간이 충분치 않을 때 언제든 꺼내 볼 수 있다. 작가 김종원은 언어는 내 세계의 한계라고 말했다. 아직 내가 표현하지 못하는 내 언어의 세계를 조금씩 넓혀주는 보물 노트이다. 세 번 독서를 통해 공부하며 나만의 언어 자산을 모은다.

셋째, 서평 재독법이다. 말 그대로 책을 읽고 서평을 적으며 재독하는 방법이다. 2022년 겨울, 처음으로 SNS에 서평을 올리기 시작했다. 그때 당시 목적은 필사하는 시간을 줄이는 것이었다. 그렇게 시작한 일은 내 삶을 생기는 일 외에 독서 영역을 확장하고 업무적인 성과로도 이어지는 계기가 되었다. 아침에 읽은 책 내용 한 문장을 발췌하여 공유했다. 블로그도 시작했다. 책 제목부터 작가 소개, 목차, 각 장 내용을 요약하거나 밑줄 친 문장을 포스팅했다. 글이 늘어날 때마다 소중한 물건이 하나 더 생기는 기분이었다. 필사 노트와 똑같은 과정이지만, 다른 이들과 나누고 소통할 수 있어 좋았다. 비슷한 독서 취미를 가지고 있는 사람들에게 받는 관심과 응원도 감사했다. 새로운 신간 소식을 알리는 댓글이나 책 협찬 제의도 받았다, 자연스레 새로운 분야의 책을 접하는 기회를 얻었다. 우수 서평단에 선정되는 소소한 기쁨도 누릴 수 있었다. 어른 책 외에도 어린이를 위한 신간 도서 서평 이벤트에 당첨되는 일도 많아졌다. 아이와 수강생을 위한 도서가 공부방에 한 권씩 꽂힐 때마다 뿌듯한 마음이 든다. 신간 도서는 최근 교육 방향을 확인할 수도 있었다. 축구를 좋아하는 수강생을 위해 관련 책 서평 모집 이벤트에 참여하고. 협찬받아 선물로 건네준 일도 책으로 마음을 전할 수 있는 자산이었다. 서평을 쓰는 재독은 나와 관계된 이들도 챙길 수 있는 자산이 될 수 있다.

일 년, 세 번, 서평 세 가지 재독 방법은 일상 독서를 꾸준히 이어온 과정이 있었기에 발견할 수 있었다. 오늘을 살아갈 나를 계발하며 시간을 밀도 있게 쓰는 방법을 알려 주었다. 책 한 권에서 나만의 기록이 될 자산을 찾는다. 독서로 얻은 것을 누군가와 공유하는 즐거움과 기쁨을 느낄 수 있음에 감사하다. 독서를 통해 내가 무엇을 얻고 있는지를 생각해 보면 누구나 나만의 독서법을 찾을 수 있다.

읽고 생각하고 나누는 육아 독서법
[김선호]

한 생명이 엄마 뱃속에서 자리 잡아 세상의 빛을 보기 위해서는 약 10개월의 시간이 필요합니다. 아빠가 되기 위해서도 그에 상응하는 시간과 노력이 필요합니다. 임신을 준비하는 과정에서부터 아이가 태어나기까지의 시간, 그리고 아기가 세상에 태어나는 순간부터 모든 것들은 처음 겪는 일입니다. 그러기 때문에 초보 아빠는 매 순간 어색하고 서툴기만 합니다. 그렇다고 넋을 놓고 있을 수 없기에 육아서 한 권을 꺼내 들기는 했지만, 무엇을 어디에서 어떻게 시작해야 할지 몰라 막막하기만 했습니다. 무슨 일이든지 시작하기 전에 계획하고 준비를 철저하게 해야 실수를 줄일 수 있는 것처럼, '좋은 아빠'가 되기 위한 독서에도 준비가 필요했던 경험을 함께 나누고자 합니다.

첫 번째, 내가 원하는 정보가 무엇인지 먼저 '생각'하고 정리합니다. 먼저 지금 이 순간 필요한 정보가 무엇인지 생각하는 것부터 시작합니다. 그렇게 생각이 정리된 후, 그와 관련된 키워드를 검색하여 읽어볼 만한 책을 간추리도록 합니다. 예를 들어, 아이가 태어나고 가장 먼저 마주치게 되는 문제 중 하나는 '수면'이었습니다. 저희 딸은 평소 잘 놀고 잘 먹고 하는 반면, 깊은 잠을 자지 못하여 항상 뒤척이며 칭얼거리곤 하였습니다. 그래서 어떻게든 아이를 잘 재우고자 수면 교육과 관련된 책을 꺼내 무작정 읽기 시작하였습니다. 여러 책에서 제시하는 수면 교육 방법은 제각각이었습니다. 어느 책에서는 무엇보다도 아이가 잘 먹어 편안한 상태를 만들어주는 것이 최우선이라고 하는 반면, 어느 책에서는 아이의 숙면을 위하여 적어도 오후 4시부터는 잘 잘 수 있는 준비를 하는 수면 의식부터 필요하다고 하였습니다. 너무 많은 정보 가운데 어느 것이 우리에게 적합한지 고민을 하다가, 우리 부부는 각자 읽던 책을 내려놓고 우리에게 가장 필요한 정보가 무엇인지부터 생각하고 나누기 시작했습니다. 먼저, 우리에게 가장 필요한 정보는 아이가 깊은 잠을 자지 못하는 이유가 무엇인지를 아는 것이었습니다. 저희 부부가 함께 읽기 시작한 책은 바로 《잘 자고 잘 먹는 아기의 시간표》입니다. 독서를 통해 우리의 생활 패턴 가운데 아이의 수면을 방해하고 있던 요소는 무엇인지 명확하게 알게 되었습니다. 바로 오후 시간에 저와 함께했던 신체 놀이가 아이를 흥분하게 만들었고, 이 과도한 흥분이 잠을 자야 하는 시간까지도 가라앉지 않아 깊은 잠을 자지 못했던 것이었습니다. 잘 놀아야 숙면을 취할 수 있으리라 생각했던 것이 오히려 독이 되었던 것입니다. 그래서 신체 놀이는 최대한 오전에 진행하고, 오후 시간에 책을 읽거나 따뜻하게 물놀이를 하자 아이는 통잠을 자기 시작했습니다. 이처럼 육아 독서를 시작하기 전에는 내가 얻고자 하는 정보가 무엇인지 생각해 보는 것이 필요합니다. 이 과정을 거치지 않으면 정보의 바다에서 헤어 나오기가 쉽지 않습니다. 이 책을 보다가 보면 저 책 내용도 필요한 것 같고, 저 책을 보다 보면 이 책도 필요한 것 같기 때문입니다. 지금 나에게 필요한 정보가 무엇인지 모르니 여러 책을 뒤적거리다가 결국 원하던 정보도 얻지 못하고 시간만 흘러 여전히 답답하기만 했습니다. 그래서 책을 읽기 전에 내가 원하는 정보가 구체적으로 무엇인지를 생각하는 과정이 반드시 필요합니다.

두 번째, '다독(多讀)'하고 제시되는 다양한 정보를 정리합니다.
얻고자 하는 정보가 무엇인지 명확해진 후, 해당 키워드를 검색하여 원하는 정보를 얻을 수 있는 책을 찾습니다. 그런데 이때, 관련된 책을 한 권만 선택하지 않고 적어도 세 권 정도는 함께 읽도록 합니다. 왜냐하면, 육아에는 정답이 없으므로 각 책에서 제시하는 정보는 다양합니다. 때로는 중복되는 내용이 있을 뿐만 아니라, 때로는 상반된 내용을 제시되기도 합니다. 물론 어느 내용이 옳다 그르다고 말할 수 없습니다. 다만 제시되는 다양한 방법 가운데 실제로 적용할 수 있는 것은 무엇인지를 고민하고 선별할 필요가 있습니다. 그러기 위해서는 동일한 주제를 다루고 있는 여러 권의 책을 읽어보고 제시되는 내용의 장단점을 정리하여 부부가 함께 제시된 방법 가운데 우리 가정에 가장 적합한 것이 무엇인지

상의하도록 합니다. 아내가 꼭 읽어보라고 권했던 육아서 중 하나는 《똑게육아》입니다. 아이가 잘 자고 먹고 놀기 위한 정보를 기본·심화·보충 편으로 나누어서 매우 세세하게 제시하고 있습니다. 저는 책에서 제시하는 대로 모든 것을 적용하면 아이를 잘 키울 수 있겠구나 싶어 매우 들떴습니다. 그러나 제시되는 모든 정보를 맞벌이 부부가 그대로 이행하기에는 사실상 불가능했습니다. 제시되는 방법을 모두 적용하지 못하게 되자, 괜히 내가 부족한 것 같고 나쁜 아빠가 되는 것 같아 몸은 몸대로 힘들고 마음도 불편했습니다. 속상해하던 저를 본 아내는 함께 머리를 맞대고 제시되는 많은 방법 가운데 당장 실천할 수 있고 중요한 것이 무엇인지를 생각해 보자고 제안하였습니다. 그렇게 모든 것을 해내려 노력하지 않고, 제가 할 수 있는 이유식과 목욕시키기 등 몇 가지만을 선별하여 적용하자 저 역시도 육아를 담당하기가 훨씬 수월해졌고, 아이 역시도 편안해지는 것을 느낄 수 있었습니다. 육아서에서 제시되는 정보를 모두 적용하고자 노력하지 않아도 괜찮습니다. 적용할 수 있는 것과 불가능한 것을 구분하는 것, 그것이 바로 육아 독서에서 반드시 필요한 과정 중 하나입니다. 해당 주제와 관련된 여러 책을 읽어보면서 제시되는 내용을 무조건 받아들이기보다는, 지금 상황에 필요한 정보가 무엇이고 어떤 것이 적합한지 끊임없이 생각하고 고민해야 합니다.

세 번째, 배우자와 함께 읽고 해당 주제에 대한 생각을 나누는

읽고 일하며 살아간다

것이 필요합니다. 앞서 제시된 두 가지 육아 독서법 가운데 공통적인 과정이 있습니다. 여러분은 눈치채셨을까요? 그것은 바로 배우자와 함께 육아에 대한 각자의 생각과 방법을 나누는 것입니다. 육아는 절대로 어느 한 사람이 감당해야 하는 것이 아닙니다. '육아'라는 일은 부부 두 사람이 동일한 육아관을 가지고 함께 사랑으로 아이를 품고 세상을 향해 한 걸음씩 나아가는 것입니다. 그렇기 때문에 반드시 읽은 내용을 배우자와 함께 나누며 각자의 상황에 알맞은 방법이 무엇인지를 상의해야 합니다. 그렇지 않으면 사랑하는 아이와 배우자를 위해 선택한 방법임에도 불구하고, 때로는 그 선택이 사랑하는 가족을 혼란스럽게 만들 수 있습니다. 이러한 혼란은 가정 내의 평화를 깰 수 있으며, 부부 두 사람의 관계를 서서히 병들어가게 할 수 있습니다. 그래서 반드시 평소에 육아서를 함께 읽고 많은 대화를 나눔으로써 서로를 이해할 필요가 있습니다. 평소 책을 읽으며 배우자와 나누고 싶은 주제를 메모해 두었다가 한 가지씩 상의해 보는 것도 좋은 방법입니다. 그렇게 하나하나씩 서로의 생각을 듣고 이견을 조율하는 과정에서 부부 두 사람만의 육아관이 형성되고, 평소 문제를 대하는 배우자의 생각과 행동 또한 이해할 수 있습니다.

저희 아내는 아이가 7~8개월 정도가 되자 이유식을 준비하기 시작했습니다. 아내가 이유식에 관한 많은 책을 읽고서 선택한 방법은 바로 '자기 주도식 이유식'입니다. 자기 주도식 이유식이란,

양육자가 이유식을 먹여주는 것이 아니라 아이가 스스로 식재료를 잡아 맛보고 즐김으로써 스스로 먹는 즐거움을 찾을 수 있도록 하는 이유식 방법 중 하나입니다. 아이가 스스로 식재료를 손으로 잡고 먹다 보니, 자연스럽게 아이가 이유식을 먹고 나면 그 주변은 엉망이 되었습니다. 자기 주도식 이유식에 대해 알지 못했던 저는 그 뒤처리를 하는 것이 너무 귀찮고 힘들다는 생각이 들었습니다. 그러나 아내와 자기 주도식 이유식에 대한 이야기를 나눈 후, 비로소 아내가 많고 많은 이유식 방법 중 자기 주도식을 선택한 이유를 이해할 수 있게 되었습니다. 그리고 저 또한 즐거운 마음으로 자기 주도식 이유식에 적극적으로 동참하게 되었습니다. 이처럼 육아는 부부 두 사람의 몫인 만큼 많은 대화를 통하여 생각을 나누며 조율해 가는 과정이 필요합니다.

아기 천사가 찾아오는 순간, 엄마는 호르몬의 변화와 더불어 신체가 하루가 다르게 변해가면서 엄마가 될 준비를 하게 됩니다. 그러나 아빠는 스스로 상기시키지 않으면 아빠가 되었음을 자각하기가 참으로 쉽지 않습니다. 그래서 '좋은 아빠'가 되기 위해서는 반드시 공부하며 준비해야 합니다. 내가 필요한 정보가 무엇인지를 확인한 후, 다양한 책을 읽고 그 내용 가운데 자신의 상황에 알맞은 방법을 정리하도록 합니다. 그리고 배우자와 함께 실천 방법에 대한 의견을 나누어 두 사람만의 올바른 육아 스토리를 만들어 가야 합니다.

읽고 일하며 살아간다

나만의 꿀벌 독서법

[김효정]

나는 책을 통해 얻은 지식이 단순히 지식에 머무르지 않고 통찰을 통해 지혜가 되기를 소망한다. 가령 찰스 키핑의 《창 너머》라는 그림책을 읽을 때, 《창 너머》 책뿐만 아니라 그의 다른 그림책도 읽고, 1930년대 영국 시대도 읽으며 《창 너머》라는 책에 담긴 그의 메시지를 발견하려고 노력한다. 학교 대신 집에 머무르는 제이콥의 삶, 건강하지 못해 집 안에서 주로 머물렀다는 작가의 어린 시절, 1930년대 영국 사회 모습 등에 대한 다각적 관점으로 접근하며 읽는 《창 너머》는 많은 메시지를 준다. 책은 제이콥의 삶의 일면만 보여주지만, 격변기의 삶을 살아가는 평범한 소년의 한 사건은 단순한 사건으로 그칠 리 없고 비록 다른 시대지만 변화무쌍한 삶을 살아가는 현재의 내 삶도 그것과 다르지 않음을 알기에 이는 내게 사람에 대한 메시지를 주고, 예측 불가한 삶을 살아가는 방법에 대한 메시지를 준다. 이러한 메시지의 통찰은 내게 지혜를 베푼다. 지식을 통해 메시지를 발견할 수 있고, 메시지는 다시 나에게 통찰의 과정을 거쳐 지혜를 주는 것이다.

나는 이렇게 얻은 지혜를 "꿀"이라고 부른다. 여기에서 "꿀"은 여러 지식, 경험을 통찰함으로 얻는 최종 산물로써 곧 지혜를 의미한다. 신기하게도 꿀벌은 국화꽃에서 꿀을 얻었다면 그날은 국화꽃에서만 꿀을 얻는다고 한다. 몇 킬로미터를 더 날아가는 한이 있더라도 그날은 국화 꿀만 찾아다닌다는 것이다. 꽃가루받이의 효율성을 높이기 위한 창조주의 섭리인지 꿀벌은 하루 동안에는 한 종류의 꿀만 얻는다고 한다. 나도 한 가지 주제를 중심으로 해서 이 책 저 책에서 주제와 연관된 지식을 얻고, 지식을 통해 메시지를 발견하고 그것으로부터 지혜를 얻기에 내 독서법을 꿀벌 독서법이라고 이름 지었다.

꿀벌 독서법은 한 가지 주제에 관한 다양한 책을 읽어 지식을 얻고, 총체적으로 지혜를 얻는 독서법이다. 한때, 우리의 옛이야기에 흠뻑 빠졌던 적이 있었다. 그때 정말 많은 옛이야기를 읽었다. 그림책도 읽었고, 동화집도 읽었고, 논문도 읽었다. 옛이야기는 각각 고유한 교훈을 담고 있다. 이 교훈을 자세히 들여다보면《소가 된 게으름뱅이》에게서는 부지런하게 생활하라는 것을,《사람으로 둔갑한 쥐》는 손톱을 아무 데나 버리지 말 것을,《해님 달님》은 아무에게나 문을 열어 주면 안 된다는 아이의 생활에 대한 어른들의 잔소리가 담겨 있다. 아이들이 말을 해도 잘 안 들으니까 재미있는 이야기에 무서움과 신비라는 양념을 팍팍 쳐서 이야기라는 그릇에 담아 "착한 아이가 돼라."라는 메시지를 아이들의 뇌리에 새겼던 것이 아닐까? 사랑의 잔소리를 가장 효율적인 방법으로 이야기로 들려준 것이다. 나는 옛이야기를 읽을 때마다 '이 책은 어떤 말썽꾸러기에게 한 말일까?' 생각하며 책을 읽는 습관을 갖게 되었다. 이것은 내가 옛이야기를 읽을 때 활용하는 책으로부터 얻은 지혜다.

이렇듯 꿀벌 독서법으로 책을 읽으면 다양한 책으로부터 지식을 얻을 수 있고, 그 가운데 있는 지혜를 얻을 수 있다. 과학 전담 교사가 된 후 과학을 가르치는 것이 너무 좋아서 구매했던 자연과학 관련 서적들로 인해 각개전투하는 것 같았던 각각의 시험용 과학지식이 지금은 서로 밀접한 연관성을 맺고 상호영향을 주고받으며 내 머릿속에 또 하나의 생태계를 구성하며 존재한다. 지구의 반지름이 6천4백km이고, 태양으로부터 1억 5천km가 떨어져 있고, 지구 지각의 70% 이상이 퇴적암으로 덮인 것은 서로 상관없는 사실이 아니다. 이는 생명체가 존재하고 삶을 영위하기 위한 최적의 조건에 대한 메시지를 준다. 이러한 메시지로부터 나는 이유 없이 존재하는 것은 없고 다 나름의 쓸모가 있으니 돌 하나라도 있는 자체로 존중해야 한다는 지혜를 얻었다.

꿀벌 독서법은 한 책에서 다루지 않는 내용이 다른 책에서 언급되기 때문에 한 권만을 읽었을 때보다 더 많은 정보를 얻을 수 있다. 대학원 과제로 멘델의 유전 법칙을 조사한 적이 있었는데 멘델에 관한 모든 책에는 멘델의 유전 법칙에 대해 나와 있었지만, 그가 F2 잡종을 처음 수확해 7천 개 이상의 콩을 까고, 계산하고, 모양대로 분류한 그의 노력에 대해서는 모든 책이 다룬 것은 아니었다. 이렇게 같은 주제의 책을 여러 권 읽으면 각 저자가 조사한 양과 범위가 다르므로 더 많은 정보를 얻을 수 있다. 또 내용이 반복되어 알고 싶은 주제에 관한 내용 이해도가 높아진다. 처음 읽을 때는 낯선 내용으로 인해 오랜 시간을 들여 책의 내용을 이해하기 위해 노력해야 하지만 같은 주제의 글을 여러 권에 걸쳐 읽다 보면 전에 이해가 되지 않았던 내용이 비슷한 내용으로 더 잘, 그리고 더 쉽게, 그리고 더 빨리 습득된다.

그러나 이러한 독서법은 시간이 오래 걸리고 관심이 지속되지 않으면 책만 사서 책장에 꽂아두기만 할 확률이 높다는 단점이 있다. 읽어야지 큰맘 먹고 양손 가득 책을 샀는데 읽을 시간이 없거나 다른 여러 가지 이유로 책 읽기를 뒤로 미루다 관심마저 잃어버리면 과거 내 책장의 김유신이나 뉴턴 책같이 애써 사들인 책들이 언제 올지도 모를, 정말 내가 엄청 심심할 때만을 기다려야 할 신세가 될 수도 있기 때문이다.

꿀벌 독서법은 초등학교 교사인 내게 유용한 독서법이다. 교사는 아이들에게 지식을 가르쳐야 하지만 아이들은 결과적 지식만 가르치는 것보다 과정을 함께 들려주는 이야기를 좋아한다. 형제지간 욕심부리지 말고 사이좋게 지내라는 교훈을 할머니의《흥부놀부》옛이야기를 통해 배울 때 즐겁듯이 말이다. 그리고 내가 이해한 지식은 쉽게 가르칠 수 있다. 내가 어렵게 가르칠 수밖에 없는 이유는 나도 그게 어려워서일 것이다. 최고의 교과서는 교사라는 말이 있듯이 내가 아는 만큼 아이들이 배워야 할 지식이 쉽고 재미있는 것은 분명하다. 그러므로 다양한 지식의 통찰을 통해 지혜를 얻는 꿀벌 독서법은 아이들을 쉽고 재미있게 지식과 지혜를 가르쳐야 하는 초등학교 교사인 나에게 매우 유용하다.

두려움을 설렘으로 바꾸면 성장합니다
[라오쯔]

2021년 강원경제진흥원에서 주최하는 전통시장 안내 책자의 글을 써달라는 부탁을 받았다. 시장 상인을 인터뷰하여 소개하고 그들의 진솔한 이야기를 전하는 일이었다. 집필 경험이 없어 망설였지만 겁 없는 도전을 해보기로 했다.

효율적인 책의 구성과 문체를 알아보고 싶었다. 소유하고 있는 책 중에 참고도서로 사용할 수 있는 것은 역사 유적지 소개 몇 권이 전부였다. 유적지를 소개한 책은 만연체의 수필 형식으로 사진과 설명이 필요한 이번 일에는 도움받기 어려웠다. 참고할 책을 찾기 위해 서점으로 향했다. 진열된 책을 둘러보며 패션처럼 책도 구성 방법이나 주제, 표지 디자인 등이 해마다 조금씩 다르다는 것을 느꼈다. 전통시장은 유행에 민감한 장소는 아니지만, 지역 관광 콘텐츠와 연결하여 사람들을 불러 모을 수 있으니 지역을 소개한 책의 구성과 내용 변화를 아는 것은 나에게 중요했다. 전통시장은 예부터 지역의 중심에 위치해 관광지와도 멀지 않다. 인기 있는 간식을 시장에도 준비해 사람들의 발길을 머물게 하고, 흥정과 기분 좋은 대화로 정(情)을 느끼고 갈 수 있다면 전통시장만의 가격과 멋으로 경쟁력을 높일 수 있을 것이다.

강원도와 전라도를 소개한 여행책 두 권을 구입했다. 강원도는 글을 써야 할 지역이 동일해 정서를 이해하는 데 도움이 되고, 전라도는 음식의 다양성과 맛이 보장되는 지역이어서 참고할 내용이 많았다. 책에는 지형이 갖는 특이성과 그에 따른 기후의 특색, 찾아오는 교통안내 등이 상세하게 설명되어 있었다. 강원도의 기후는 고랭지 채소라는 차별화된 농산물로 독특한 먹을거리를 만들고, 산악지형을 이용한 집라인, 래프팅, 패러글라이딩, 스키 등 이색 놀거리를 창출했다. 전라도는 다양한 젓갈로 만든 맛깔스러운 음식이 있고, 남원의 성춘향 이야기부터 담양의 대나무 숲, 보성의 녹차밭까지, 관광지에 이야기가 더해져 흥미로웠다. 두 책은 일상에 지친 현대인들에게 여행 가이드로서 유익했다. 관광객을 유치하는 것에 목적을 둔 전통시장 안내 책자도 이와 다르지 않다. 전통시장의 신선한 로컬 식품을 다양하게 소개하고, 인근 관광지와의 교통을 안내하며, 지역성이 묻어나는 봄·가을의 특색 있는 축제도 안내한다. 전통 시장 입구에는 지역을 대표하는 식당이 많다. 허름해 보이는 간판과는 달리, 시간을 거스른 전통의 맛이 현지 농산물의 신선함과 조화되어 내는 맛의 향연은 전통시장의 살거리, 먹거리를 안내하는 촉매제가 될 것이다.

사진작가로 활동하는 지인이 1년 전에 발행 한 강원도 음식소개 책을 보내왔다. 강원도 전통시장에 관한 글을 쓴다는 말에 참고하라고 보내 준 것이다. 책은 음식의 재료부터 만드는 순서 등이 사진과 글로 상세하게 정리되어 있었다. 지인의 책 덕분에 현장에서는 음식의 재료와 만드는 방법 대신, 가게만의 요리비법이나 가게 운영의 특징 및 역사에 관해 인터뷰하여 글의 재미와 사실성을 높일 수 있었다. 강릉과 삼척에서 몇 해 전에 발행한 전통시장 안내 책자 두 권을 받았다. 시장의 내·외부 전경과 상품과 인물을 소개하고 대표 상가와 상인의 인터뷰 내용으로 구성된 책 한 권과, 상인의 이야기에 중점을 둔 책 한 권이었다. 시장 전경과 인물사진이 대부분이었는데 인물 사진은 모두 흑백이었다. 보탬하나 없는 진실한 미소와 서사를 품은 이마의 굵은 주름이 인연 없는 그들의 시간 속에 잠시 나를 머물게 했다. 담담하게 풀어내는 그들의 이야기는 묵직한 감동으로 다가왔다. 글은 사실을 강조하면 건조해지고, 감성에 초점을 맞추면 정보 전달력이 부족해진다. 두 책을 두고 잠시 망설였다. 선택해야 하는 것과 선택하고 싶은 것의 갈등이었다. 객관적인 판단을 위해 다시 서점을 찾았고, 지역을 소개하는 여행책을 다시 구입했다. 여행을 앞둔 독자가 되어 읽었다. 실행력을 높이고 구매욕을 증진시키는 책은 감성보다는 정보전달이 우세였고 써야 할 글의 방향도 정해졌다. 서점을 나오며 출판사가 좋아하는 글쓰기 책도 함께 구입했다. 출판사가 좋아하는 글은 독자가 찾는 글이라는 것을 반증함으로 내 글의 가독성을 높이는 데 도움을 받을 수 있었다.

주문진 수산시장 인터뷰에서 새벽 좌판을 둘러보며 이야기를 나누던 중 아주머니께서 생선 '한 손'이 무엇인지 아냐고 내게 물

읽고 일하며 살아간다

었다. 글을 쓰는 작가라고 소개해서인지 살림에 대한 것은 모른다고 생각한 것이다. 그때 나는 꽤 그럴싸하게 답했는데 어느 책에서 읽은 것을 필사해 둔 덕택이었다 "생선 한 손이 몇 마리인지 알아요? "잘은 모르지만 생선 두 마리를 묶어서 부르는 단위로 알고 있어요. 큰 생선의 배를 갈라 그보다 작은 한 마리를 집어넣어 한 손에 꼭 쥐어지도록 만들었다고 해서 '손'이라고 부른다지요. 대가족이었던 우리네 집에서 생선 한 마리는 아무래도 너무 야박하지요" 농을 섞은 내 답에 호의적인 시선으로 바라보던 상인은 적극적인 도움을 주셨고, 덕분에 나는 그날 일을 일찍 끝마칠 수 있었다. 나는 책을 읽으며 필사를 하는데, 한 권의 공책에는 좋은 문장과 독특한 어휘를 기록하고 다른 공책에는 새로운 지식이나 정보, 역사 내용을 정리한다. 학원에서 주로 역사 논술 수업을 하고, 역사 이야기를 좋아해 읽는 책도 역사가 많았다. 갈래가 다른 책을 읽기 위해 노력하지만 흥미가 없고, 이해하는데도 시간이 많이 걸렸다. 2년 전에 읽은 유발 하라리의 《21세기를 위한 21가지 제언》은 가장 대표적인 책으로 책 두께에 처음 짓눌리고 내용에 또 한 번 압도당했다. 읽다가 모르는 내용은 줄을 긋고 옮겨 정리하는데, 한 페이지 전체를 줄을 긋는 경우도 많았다. 나중엔 줄을 괄호로 대신 표시했다. 상식이 모자란 것 같아서 자괴감도 들었지만 필사가 마무리될 즈음 내 생각에도 변화가 생겼다. 구미에 맞는 책만 찾아 읽다 보니 내 생각이 제일 바르다는 착각을 했다. 다른 생각을 하는 사람들을 배척해 내가 정한 잣대로만 상황을 판단해 왔다는 걸 깨달았다. 세상은 변하는데 내가 쌓아 올린 생각의 장벽 안에 머물러 있었던 것이다. 세상을 바라보는 시선을 넓히고, 생각의 다양성을 위해 여러 갈래의 책을 읽어야겠다고 반성했다.

62개의 강원도 전통시장 안내책은 전문 교열을 받아 《강원도 전통시장. 일단 가자 장 보러》란 제목으로 그해 연말에 발행되었다. 책이 시장의 발전에 도움이 되길 바란다. 여러 책을 참고하여 글의 구성을 잡고, 필사로 연습한 문장력으로 가독성을 높였다. 새로운 도전은 늘 두렵다. 두려움을 잠시 누르면 설렘이 커지는데 그것은 기대감과 기쁨으로 변화의 활력이 된다. 책의 정보와 지식으로 두려움 대신 기대감을 키우며 일을 마무리할 수 있었다. 책장 한쪽에 발행된 전통시장 안내책을 꽂았다. 내 책이 누군가에게도 작은 도움이 되길 기대해본다.

읽고 일하며 살아간다

변화를 만들어 내는 기록독서법
[박영희]

독서를 시작하기로 마음먹고, 무작정 책을 많이 읽었다. 필요한 정보와 지식을 습득하는 것이 목적이었으므로 최대한 많이 읽는 것이 중요하다고 생각했다. 처음에는 새로운 것을 알게 되었다는 기쁨과 뿌듯함을 느꼈다. 책이 쌓여갈수록 나의 지식과 실력도 늘어가고 있다고 믿었다.

한 번은 새로 산 책을 다 읽고 책장에 꽂아두려는데 그 옆에 같은 책이 있는 것을 발견했다. 급히 꺼내서 펼쳐보니 밑줄까지 그으며 열심히 읽은 흔적이 역력했다. 헛웃음이 나왔다. 책장에 빼곡하게 꽂혀있는 책들을 둘러봤다. 한 번 읽고 그 후로 다시 거들떠보지 않은 책이 대부분이었다. 한 번 읽은 책을 다시 읽으려니 뭔가 시간 낭비인 것 같았다. 그러나 막상 무슨 내용인지 떠올리면 제대로 기억이 나지 않았다. 분명 읽을 당시에는 새로운 것을 알게 되었다고 좋아했는데 책장을 덮고 시간이 지나고 나서는 내가 그 책을 통해 무엇을 얻었는지 떠오르지 않았다. 기억이 나더라도 거기서 그쳤다. 실천으로까지 이어지지 못한 독서는 변화를 만들어 내지 못했다.

'난 그동안 뭘 읽은 거지?' 허무함이 밀려왔다. 책을 읽는 것은 책을 통해 무언가를 배우고 성장하고 그래서 삶이 조금이라도 나은 방향으로 변화하기를 바라서인데 내 삶은 크게 달라진 것이 없었다. 없는 시간을 쪼개가며 책을 읽었는데 밑 빠진 독에 물 붓기였다. 그때부터 어떻게 하면 책에서 얻은 지식을 내 것으로 만들 수 있을까에 대해 고민하기 시작했다. 그 고민의 결과가 기록독서법이다.

책을 읽으면서 독서노트를 쓰기 시작했다. 그전에도 독서노트를 쓰긴 했지만 책을 다 읽은 후에 감상평을 적고 별점을 매기는 수준에 그쳤다. 감상평을 쓸 땐 책의 내용이 잘 생각나지 않아 느낌 위주의 피상적인 감상을 적었다. 그것이 별로 도움이 되는 것 같지 않아 쓰다 말다를 반복했다. 이번엔 조금 다른 방법으로 독서노트를 쓰기로 했다.

먼저 연필을 준비한다. 책을 읽으면서 인상 깊은 구절이나 중요하다고 생각하는 부분이 있으면 밑줄을 그으면서 읽는다. 그다음에 책에서 밑줄 그은 부분을 독서노트에 옮겨적었다. 이때 인상 깊은 이유나 이 구절을 읽으면서 떠오르는 생각도 함께 적었다. 책을 읽다 보면 여러 가지 생각과 질문들이 뒤죽박죽 쏟아질 때가 있는데 이걸 글로 적다 보니 생각이 잘 정리되었다. 내 생각은 책의 내용과 다른 색상을 써서 구분했다. 예를 들어 쪽수와 함께 책 속의 구절을 검은색으로 옮겨적고 그 아래에 나의 생각은 파란색으로 적는 것이다. 독서 노트를 쓰기 위해 밑줄 그은 부분을 위주로 다시 책을 훑어보면 내가 이 부분에 왜 밑줄을 그었는지 기억이 잘 나지 않는 경우도 있다. 그래서 떠오르는 생각을 잡아두기 위해 그때그때 책에 메모를 하거나 포스트잇을 이용하여 붙여두기도 했다. 그리고 업무나 삶에 적용할 수 있는 아이디어나 실천할 수 있는 구체적인 행동은 빨간색으로 적었다. 여기에 체크박스를 해두고 실행에 옮겼을 경우엔 표시를 했다. 책을 읽다 보면 궁금하거나 새롭게 알고 싶은 내용들이 생기는데 이것도 독서노트에 적어둔다. 질문을 해결하기 위해 고민하다 보면 책의 의미도 더 깊이 파악할 수 있고, 다음에 어떤 책을 읽어볼지도 정하게 되어 독서의 선순환을 만들어 냈다.

이렇게 독서노트를 작성하면서 책을 읽으면 그냥 책만 읽을 때보다는 시간이 더 오래 걸린다. 그래서 처음엔 '이렇게 쓸 시간에 한 권이라도 더 읽는 것이 나은가?', '괜히 시간만 더 낭비하는 게 아닌가?' 하는 의구심이 들었다. 하지만 단순히 많이 읽는 것이 목적이 아니라 변화를 만들어 내는 독서를 위해서라면 이렇게 읽는 것이 맞다고 판단하여 계속 밀고 나갔다. 익숙해지다 보니 처음보다 시간도 오래 걸리지 않았고, 독서노트 쓰기에 재미를 들여 책 읽는 것이 더 즐거워졌다. 무엇보다 독서노트를 쓰기 시작하면서 조금씩 변화가 생겼다.

일단 책의 내용이 확실히 기억에 오래 남았다. 독서노트를 써야 하니 책을 읽을 때 더욱 집중하게 되고, 중요한 내용을 노트에 한 번 더 옮겨 쓰다 보니 자연스레 복습하는 효과도 있었다. 그리고 책을 읽으며 막연하게 떠오르던 생각들을 적다 보면 생각이 명확하게 정리되고, 글쓰기에도 도움이 되었다. 가장 큰 변화는 독서 노트를 쓰기 시작하면서 책에서 배운 내용이 실천으로까지 이어 지는 경우가 늘어났다는 것이다.

많은 자기계발서들이 목표를 달성하기 위한 효과적인 방법으로 목표를 종이에 적는 것을 이야기한다. 눈에 보이지 않는 목표를 글로 적어두는 것만으로도 실천할 확률이 높아진다는 것이다. 마 찬가지로 책을 읽으면서 실행에 옮겨야 할 내용을 적어두니 행동 으로 옮기는 경우가 늘었다.

처음에는 독서노트를 종이에 썼는데 지금은 굿노트 앱을 통해 디 지털 방식으로 쓰고 있다. 디지털 방식이긴 하지만 손으로 직접 꾹 꾹 눌러쓰는 것은 똑같다. 다만 저장과 보관이 용이해서 선택한 방 식이다. 검색 기능을 이용하여 필요한 내용을 쉽게 찾을 수 있다는 점도 장점이다. 그러니 각자 자신에게 맞는 방법으로 기록하면 된다.

2020년부터는 독서일지의 내용을 바탕으로 블로그에 서평이나 도서 리뷰를 쓰기 시작했다. 이웃분들은 내 서평을 읽고 '책을 읽 고 싶게 만드는 매력'이 있다는 댓글을 달아주었다. 그 격려에 힘 입어 열심히 서평을 올렸다. 서평 쓸 때 시간도 오래 걸리고 무엇 을 써야 할지 몰라 어렵다고 하는 분들이 많다. 나는 한 번 정리된 독서노트를 가지고 서평을 쓰다 보니 시간도 그리 오래 걸리지 않 았고 핵심적인 내용을 잘 정리할 수가 있었다. 무엇보다 블로그에 기록을 남기면 언제 어디서든지 꺼내 볼 수 있어 매우 편리하다.

블로그에 꾸준하게 독서기록을 남기다 보니 나의 업무나 관심 분

읽고 일하며 살아간다

야와 관련된 책에 대해 출판사에서 서평을 부탁해오는 경우가 생겼다. 특히 청소년 소설이나 내 관심 분야인 독서와 관련된 책인 경우가 많아 내게도 큰 도움이 되었다. 한번은 한 출판사에서 독자 서포터즈를 모집한다는 홍보 글을 보았다. 서포터즈가 되면 출판사의 신간 도서를 가장 먼저 받아보기도 하고, 책 표지를 결정하거나 책에 추천사를 쓰는 등 출간 작업에도 참여하는 기회를 얻을 수가 있다. 그 출판사는 평소 내가 관심이 있는 분야의 책을 많이 출판하던 곳이었기에 망설임 없이 지원했다. 경쟁률이 높다고 들었는데 그동안 블로그에 독서 기록을 해 둔 것이 높은 점수를 사 서포터즈에 뽑히기도 했다. 블로그에 꾸준히 독서 기록이 차곡차곡 쌓이니 그 분야에 관심 있는 이웃들이 많이 생겼고 덕분에 좋은 기회를 여러 번 만났다.

학교에서 아이들과 독서 수업을 할 때도 같은 방법으로 독서노트를 쓰게 한다. 책을 읽고 나서 독후감을 써온 방식에 익숙했던 아이들은 처음엔 이런 방식을 생소해하고 번거로워했다. 그러나 그때그때 책의 내용과 자기 생각을 기록하면서 책의 내용이 더 오래 기억에 남고 재미있다고 말한다. 내가 느낀 그대로였다.

가끔은 바쁘다는 핑계로 독서노트를 생략하는 경우도 있는데 확실히 기록을 한 경우와 안 한 경우 책을 읽고 남는 것이 확연히 차이가 났다. 그래서 다시 독서노트를 꺼내 들게 된다. 한 번도 안 써본 사람은 있어도 한 번만 써본 사람은 없을 독서노트, 독서로 성과를 내는 나만의 비밀병기다.

너 책 그렇게 보지 마라
- 더티 독서법 [쓰꾸미]

"너 책 그렇게 보지 마라." 윤정이 누나가 말했다.

한 달에 한 번은 아이들 얼굴도 보여드릴 겸, 아버지 댁에 가서 안부 인사를 드린다. 집에 갈 때마다 나를 설레게 만드는 것이 하나 더 있다. 바로 서재에 가득한 책들이다.

두 사람만 살다 보니, 집의 방 하나에는 한쪽 벽을 책으로 가득 채운 서재가 마련되어 있다. 그곳엔 어머니가 생전에 절대 돈 들여 만들지 말라고 했던 족보가 책장 맨 위에 꽂혀 시작을 알린다. 이어서 소설, 비문학, 교육, 역사, 베스트셀러, 그리고 어디엔가 있는 내 책까지. 다양한 책들이 가득하다. 나는 아버지 댁에 가면 누나의 책을 빌려 마음껏 읽고, 편하게 시간을 보낸다. 덕분에 시중의 베스트셀러도 쉽게 접하고, 그 내용을 훑어볼 수 있다. 한 달에 한 번 누나 덕에 좋은 책으로 지적 자극을 받는다.

하지만 누나에게 책을 빌릴 때는 꼭 지켜야 할 원칙이 하나 있다. 절대 책에 마크하거나, 페이지를 접거나, 밑줄을 그으면 안 된다는 것이다. 문제는 내가 지킬 수 없는 규정이다. 나는 책을 지저분하게 읽는 스타일이다. 밑줄은 기본이고, 태그를 붙이거나 낙서도 한다. 때로는 한 페이지를 반으로 접기도 한다. 왜냐하면 책을 이렇게 지저분하게 읽고 시간을 많이 보낼수록 나에게 남는 게 많다고 믿기 때문이다.

어느 날 나는 무심코 누나 책에 낙서했다가 불호령이 떨어졌다. "너 책 그렇게 보지 마라. 다시는 너한테 책 안 빌려줄 거야. 책을 아끼지 않는 사람한테는 절대 안 빌려줘." 그리고 추가로, "책을 그렇게 지저분하게 보려면 왜 빌려 갔어? 도서관 책도 그렇게 몰상식하게 낙서하는 건 아니지? 줄을 그을 거면 이쁘게라도 그어라. 그게 뭐냐?"라는 말을 들었다.

이런 얘기를 들을 때면 책을 빌려 읽는 게 싫어진다. 그렇지만 보고 싶은 책을 다 사기엔 내 주머니 사정이 너무 얇다.

책을 지저분하게 읽는 버릇은 아마 학창 시절의 습관에서 비롯된 것 같다. 학교 수업 시간에 선생님이 하시는 모든 말을 교과서에 꼼꼼히 적으려고 노력했다. 예를 들어, 열량을 구하는 공식 "$Q=cmt$"를 외울 때, 나는 Q는 '시멘트'라고 기억했다. 시멘트는 열을 가하면 더 단단해지니까, 시멘트는 열량과 관련이 있다. 이렇게 스토리 넣어 공식을 청크화(Chunking)하여 외웠다. 이런 농담을 교과서에 적어두면, 나중에 복습하거나 시험을 준비할 때 큰 도움이 됐다.

이렇게 기록하는 습관이 쌓이면서 중요성을 깨닫게 되었고, 이제는 필요성을 넘어서 사랑하게 되었다. 기록을 사랑하는 이유는 단순한 정보가 아니라 그 당시의 감정까지 함께 담을 수 있기 때문이다. 기분이 좋을 때는 글씨가 둥글둥글한 모양으로 써지고, 바쁠 때는 글씨가 나르듯 하고 선도 맞지 않게 글씨가 대각선으로 자리를 차지한다. 짜증이 날 때는 뒷장에서 내가 무슨 내용을 썼는지 다 보일 정도로 꽉꽉 눌러써 판화를 제작한 것은 아닌지 의심하게 된다. 중요한 사항은 궁서체의 느낌으로 한 자 한 자 사각형 틀에 넣은 것처럼 써 프린트를 한 것이 아니냐는 이야기도 듣는다.

책을 읽을 때도 마찬가지다. 책을 읽으며 느꼈던 감정이나, 어디에 적용하면 좋겠다는 아이디어, 누구에게 들려주면 좋을지, 내가 고쳐야 할 점, 작가의 새로운 시선 등을 함께 책에 손글씨로 기록한다. 이렇게 책에 밑줄을 긋고 메모를 남기면, 나중에 다시 그 책을 펼칠 때 빠르게 내용을 파악하여 시간을 절약할 수 있다. 신기한 점은 내가 쓴 메모와 밑줄이 그때 읽었던 생각을 손쉽게 다시 되살릴 수 있다는 점이다. 이런 장점을 포기할 수 없어서 책을 지저분하게 손으로 읽게 된다.

누나는 내가 책을 소중하게 다루지 않는다고 말한다. 하지만 내가 이해하는 소중함은 다르다. 자주 펼쳐보고, 글씨를 남기고, 손때를 묻히는 것이 책을 진정으로 소중하게 대하는 것이라고 믿는다. 내가 직접 책을 써보니 내 믿음이 확신으로 바뀐다. 책을 깨끗하게 유지하는 것보다, 글을 누군가 읽어주고, 그에 대한 피드백을 받는 것이 더 큰 의미로 다가온다는 것을. 이제는 안다.

읽고 일하며 살아간다

책을 읽으면 문제도 해결하고, 감동도 받고, 생각도 정리되고, 시야도 넓어지게 된다. 그런데 읽으면서 내 감정이나 생각을 메모해 둬도 시간이 지나면 잊어버리기 쉽다. 그래서 《원씽》에서는 독서와 글쓰기를 효과적인 자기 성장 방법으로 추천한다. 《역행자》에서는 일상의 틀에서 벗어나기 위해 블로그를 해보라고 권장하고, 《유시민의 글쓰기 특강》에서는 작가가 되려면 책을 많이 읽고 글을 많이 써야 한다고 말하고 있다. 이렇게 여러 책에서 글로 남기라고 하니, 나도 따라 해 보고 있다.

내 책상 옆에는 초록색 커버의 '글숨' 노트가 있다. 그 안에는 김종원 작가의 《인간은 노력하는 한 방황한다》라는 책을 필사한 내용이 담겨 있다. 필사하면 문장을 천천히 곱씹으면서 쓸 수 있는데, 그러면 마음이 고요하게 변했다. 그래서 카카오톡 프로필에도 "느림의 미학"이라는 문구를 넣었다.

필사를 마치면 필사한 부분을 사진으로 찍어서 블로그에 올리고, 그 문장에 대한 생각이나 감정을 기록한다. 독서에 관련된 이야기가 내 블로그에서 큰 부분을 차지하고 있다. 처음엔 한 포스팅에 책 한 권을 다루려 했는데, 금방 그 욕심이 너무 크다는 걸알게 되었다. 내가 하루에 쓸 수 있는 시간을 제대로 계산 못 한것이다. 요즘은 그날 읽은 부분이나 인상 깊었던 문장들 위주로기록하려고 하고 있다.

책을 읽고 기록을 남길 때, 독서 애플리케이션도 정말 유용하다. 나는 '리디북스' 애플리케이션을 주로 사용하는데, 메모 기능을 활용해서 종이책처럼 기록을 남길 수 있다. 또한, '북모리'라는 애플리케이션을 사용하면 책을 읽는 데 걸린 시간, 메모, 인상 깊은 문장 등을 쉽게 기록할 수 있어 편리하다. 책은 항상 들고 다녀야 하지만, 애플리케이션은 내 핸드폰 안에 있으니 쓰다가 인용하고 싶은 문장이 있을 때 언제든 꺼내 볼 수 있어 좋다.

또 가방 앞주머니에 항상 넣어 다니는 수첩을 사용하기도 한다. 수첩은 보통 내가 느낀 점을 간단하게 적어둘 때 사용한다. 유튜브를 보다가 좋은 생각이 떠오르면 수첩에 메모해 놓기도 한다. 책을 읽다가 좋은 아이디어가 떠오르면, 책의 빈 곳에 끄적여 놓는다. 쓸 수 있는 공간이 작으면 수첩에 쓰기도 한다. 글로 적어야 한다는 생각이 들었을 때 망설임 없이 써야 한다. 단어 하나라도 기록해 놓아야 다시 글로 정리할 때 다시 그 생각을 끄집어내는 마중물이 될 수 있다. 그래서 수첩이나 애플리케이션을 활용해서 그 순간을 놓치지 않으려 한다.

책을 읽으면서 쓰기를 사랑하는 이유는 바로, 책에서 배운 좋은 내용을 실천하기 위함이다. 책에서 좋은 내용을 발견하면 꼭 해보고 싶고, 할 수 있다는 자신감을 얻게 된다. 하지만 그 부분을 넘어 책을 계속 읽다 보면 그 감정이 점점 희석되기 마련이다. 그 희석을 막기 위해 메모를 하고, 밑줄을 긋는다. 물론 가끔은 이런 기록하는 과정이 귀찮게 느껴질 때도 있지만, 좋은 내용을 기록하지 않으면 그 내용을 실천하는 것도 더 어려워진다는 생각에 다시 마음을 다잡는다. 그래서 내가 세운 목표를 잊지 않기 위해 오늘도 책을 읽고 기록을 남긴다.

　이렇게 읽고, 밑줄 긋고, 메모해 둔 것들이 모여서 실무에 도움이 되는 업무 매뉴얼을 만들곤 하였다. 그러니 어쩌면 나는 회사에서 오래전부터 '베스트셀러 작가'였는지도 모르겠다.

한 번에 열 권씩 읽어봤니?
[유혜경]

　나의 읽기에는 특징이 있다. 하나는 병렬 독서이고, 하나는 다양한 매체를 이용한 읽기이다. 이 두 가지는 나의 성향을 잘 반영한다. 병렬 독서는 하나의 활동에 대한 지속시간이 길어지면 쉬이 지루함을 느끼는 나의 성향을, 매체로 읽기는 여러 가지 새로운 것에 관심을 보이는 나의 성향을 잘 보여준다.

　병렬 독서는 동시에 여러 권의 책을 함께 읽는 것을 말한다. 일반적인 책 읽기는 보통 책 한 권을 다 읽고 다음 책으로 넘어가는 방식이다. 하지만 나는 책을 읽을 때 여러 권을 쌓아두고 읽는다. 마치 TV 채널을 이리저리 돌려가며 보는 것과 같다. 내가 고른 책의 분야들은 제각각이고 어떠한 연관성이 없다. 하나의 공통점이라면 내가 골랐다는 것이다.

　병렬 독서는 다음과 같은 면에서 좋다. 첫 번째로 서로 다른 내용의 책을 동시에 읽으면, 다양한 아이디어가 머릿속에서 만나 새로운 생각을 만들 수 있다. 예를 들어, 과학책과 판타지를 병렬로 읽다 보면, 둘을 결합한 독창적인 생각이 떠오른다. 그때의 느낌은 너무 짜릿하다. 과학적 사실을 기반으로 판타지적인 상상을 하면 피식 웃음이 나오거나 과학적 상상을 바탕으로 머지않은 미래에 일어날 것만 같은 무서운 상상에 갑자기 두려움에 사로잡히기도 한다. 두 번째로 독서 피로감이 줄어든다. 같은 책을 계속 읽다 보면 피로해질 수 있는데, 병렬 독서는 이런 피로감을 줄여준다. 다른 책으로 전환하면 새로운 분위기로 전환되면서 지루함을 덜 느끼게 된달까? 나는 특히나 지루함을 견디기 힘들어하는 성격이라 병렬 독서가 딱이다. 세 번째로 독서 목표 달성에 유리하다. 여러 권의 책을 동시에 읽다 보면 한 권을 끝내는 데 시간이 걸릴 수 있지만, 병렬로 읽은 책들을 차례대로 완독하면서 목표를 더 쉽게 달성하는 기분을 느낄 수 있다. 한 권이 끝날 때마다 팡팡 터지는 도파민은 느껴 본 사람만 알 것이다. 또한 병렬 독서를 하면 다양한 관점을 접할 수 있다. 다른 저자들의 생각과 관점을 동시에 접할 수 있어서 같은 주제를 다룬 책을 병렬로 읽으면 다양한 해석이나 접근 방식을 비교하면서 더 깊이 있는 이해를 할 수 있다. 마치 머릿속에서 내가 조합한 작가들이 서로 토론하는 느낌이랄까. 마지막으로 효율적 시간 활용이 가능하다. 짧은 시간에 다양한 책을 조금씩 읽으면서 시간을 더 효과적으로 활용할 수 있다. 예를 들어, 학교에 가는 길에는 가벼운 소설을 읽고, 집에서는 더 깊이 있는 신문을 읽는 식이다. 마치 시간과 장소에 맞는 옷을 입는 티피오(TPO)를 독서에 적용하는 것과 같다. 때에 맞는 책을 읽으면 공간과 시간에 대한 예의를 잘 지키고 있는 것 같은 나만의 착각에 빠져든다.

책을 읽고 있다는 사실을 잊고 시간 가는 줄 모르고 빠져들기도 한다. 나는 소위 '베스트셀러'라는 책이나 추천 도서 같은 책은 잘 읽지 않는다. 스스로 취향을 존중하기 때문이다. 순간을 기민하게 들여 보면 나와 주변은 조금씩 달라지고 있다는 것을 알 수 있다. 5년 전에 읽었던 책을 지금 보면 '내가 어찌 저런 책을?' 하는 것도 있고, '다시 꼭 읽고 싶다'하는 마음이 드는 것도 있다. 내가 달라졌기 때문이다. 따라서 철저히 지금 상황에 맞춘 책을 고른다. 나에게 꼭 맞는 책을 원해서 그렇다. 가끔은 그날 기분에 따라 책을 사기도 한다. 표지가 예뻐서, 작가의 약력이 독특해서, 제목이 나를 사로잡아서. 이럴 때는 책을 펼치는 게 로또같이 재미있다. 나와 맞는 책인지 아닌지는 책을 펴고 읽어보아야 알 수 있으니까. '맛집' 같아 보이는 곳에 들어가 막상 음식을 맛보면 먹기 전 식당에 대해 가졌던 생각이 달라지는 것과 같달까? 이렇게 기대하고 실망하거나 만족하는 경험도 켜켜이 쌓여 나의 리딩 포트폴리오가 된다. 그게 다른 누구도 아닌 나다.

나의 두 번째 독서 방법은 매체를 이용한 읽기이다. '독서'라는 단어는 말 그대로 풀이하면 책을 읽는 것이다. 하지만 책으로 된 것만을 독서라고 할 수는 없다. 글로 만들어진 노래, 영상에 덧붙여진 자막, 들으면서 읽는 오디오북을 듣는 것 또한 또한 독서의 방법이 될 수 있다. 노래 가사는 현대적인 시라고 할 수 있고 영상 자막은 희곡의 극본이다. 읽는 행위에 대한 정의를 바꾸어 보면, 우리는 이미 많은 양의 독서를 하고 있다. 오디오북은 책의 내용을 음성으로 들을 수 있어서, 이동 중이나 잠자기 전에 듣기 좋다. 나는 주로 유튜브 채널 '책 읽는 자작나무'를 듣는다. 집안일을 할 때나 차로 이동할 때 자작나무 아저씨의 낮고 따뜻한 음성은 참 듣기 좋다. 특히 '가자, 집에 가자, 병원비 많이 나온다 - 꽃바람 부는 산'이라는 클립은 아름다운 시와 그것을 낭송하는 자작나무 아저씨의 목소리가 만나 탄생한 하나의 명작이다. 노래 가사 또한 좋은 읽기 소재이다. 가수 밥 딜런은 2016년 노벨문학상을 받았다. 그가 이 상을 받은 이유는 "그의 뛰어난 음악적 시와 현대 미국의 문화에 대한 기여" 때문이다. 좋아하는 노래를 가사와 함께 천천히 음미하면 글에 선율이 얹히며 기막힌 감동을 자아낸다. 올해 내가 학급을 맡은 반의 학생들과 함께 영어 교과 시간에 최신 영어 노래를 함께 배우고 있다. 케이티 페리(Katy Perry)의 로어(Roar)나 이매진 드래곤(Imagine Dragon)의 빌리버(Believer)같은 노래다. 자막으로 제작된 영상을 함께 보며 학생들과 노래를 부르며 영어 가사의 뜻을 학생들에게 알려주다 보면, 어느새 당당하게 자신의 목소리를 내라는 가사의 메시지를 이해한 학생들의 눈이 반짝반짝 빛난다. 책 한 권만큼이나 강렬한 한 곡의 노래가 가진 힘이 느껴진다. 마지막으로 자막이 들어간 유튜브나 블로그와 웹툰은 이제 새로운 읽기의 시대를 대변하고 있다. 2023년을 기준으로 종이책을 읽는 인구는 약 2,800만 명, 웹툰을 읽는 인구는 약 2,500만 명이다. 게다가 웹툰을 읽는 인구는 주로 10-20대이므로 앞으로 후자에 해당하는 인구의 수는 점점 더 늘어날 것이다. 전

자책의 구매율도 전체 책 판매의 20퍼센트를 차지하고 있다. 읽기의 변혁이 일어나고 있는 것이다. 학교 교육과정에서도 디지털 리터러시의 중요성이 대두되고 있고 2025년에는 디지털 교과서도 도입된다. 앞으로의 세대는 독서라고 하면 곧장 '종이책'을 떠올리지 않을 것이다.

하지만 난 신문만큼은 여전히 종이신문을 구독해서 보고 있다. 신문의 한 달 구독료가 2만 5천 원으로 저렴한 편은 아니다. 게다가 종이 신문의 기사들은 이미 모두 온라인에 게시되어 있다. 그럼에도 불구하고 내가 종이 신문을 읽는 이유는 뭘까? 정선된 글들을 하나의 지면으로 실어주는 종이 신문의 정성 때문이다.

읽는 행위에 답은 없다. 어떠한 방식으로 어떠한 매체로 읽든 그 본질은 같다. 본인에게 맞는 방식과 매체를 선택하여 꾸준하고 읽는다면 그것이 곧 가장 좋은 읽기다. 또 그것은 어떤 형식으로든 다양한 읽기를 시도하여 본인에게 맞는 방식을 찾고 그것을 이어 나가는 것이 중요하다. 지속적인 읽기로 간접적 경험을 풍부하게 쌓으면 자신의 삶에 대한 가치와 의미를 재발견할 수 있다. 또한 글을 통해 다양한 의견과 관점에 노출되면 주변 사람과 사회에 대한 깊이 있는 이해를 할 수 있게 될 것이다.

'사랑하면 알게 되고, 알면 보이나니 그때 보이는 것은 전과 같지 않으리라'라는 유홍준 교수의 말이 있다. 글을 읽으며 살아가는 나에게는 어제와 오늘이 같지 않고, 다가올 내일이 설렌다. 글을 끌어당겨 내일을 바꾸고 싶은 사람, 지금 여기여기 붙어라.

읽고 일하며 살아간다

성장하는 나만의 독서법

[윤보라]

첫째, 동화책으로 쉽게 하는 독서법

육아로 시작된 나의 독서는 일반 육아서가 아닌 동화책으로 그 깊이를 더하게 되었다. 동화책은 그림과 짧은 글이 함께 있어 읽는 부담이 적었다. 아이들이 이야기에 몰입할 수 있도록 실감 나게 읽어주려다 보면 주인공의 상황과 감정에 깊이 공감하게 되어 책을 더 잘 이해할 수 있었다. 동화책을 반복해서 읽다 보니 나의 동화책 읽기 실력은 눈에 띄게 늘게 되었다. 엄마와 같이 책을 읽으며 시간을 보내니 아이들도 자연스럽게 책을 가까이하게 되었다. 책 육아하면서 가장 원했던 것은 내 아이를 책을 읽는 아이로 성장시키는 것이었는데 그것은 이룬 것 같다. 아이들은 정말 책과 가까이하면서 많은 책을 읽게 되었다.

동화책을 읽어보니 그 안에 삶에 필요한 철학들이 숨겨져 있다는 것을 알 수 있었다. 어려서 읽었을 때는 단순히 재미있는 이야기로만 생각했었다. 그런데 나이가 들어 다시 읽은 동화책은 깊이가 있었다. 깊은 철학적 메시지들을 아이들의 동화책에서도 읽을 수 있었다. 아이들과 책을 읽고 내용을 서로 나누는 시간을 통해 독서력은 점점 향상되어 가는 걸 느낄 수 있었다.

엄마와 동화책 읽는 시간은 아이들에게는 글과 그림을 함께 보면서 독서력을 향상시킬 수 있고, 엄마의 따뜻한 품에서 엄마의 사랑을 느끼며 정서적 안정을 찾을 수 있는 귀한 시간 임이 틀림없다.

다양한 동화책을 읽다 보니 글이 없는 그림책도 접하게 되었다. 글이 없는 동화책을 접했을 땐 '이런 책은 아이들에게 어떻게 읽어 줘야 하지?'라고 생각했다. 하지만 늘 내가 읽어주는 동화책을 보던 아이는 상상을 하며 글 없는 그림책도 거침없이 읽어 냈다. 그 모습을 보니 어려서부터 읽어주던 동화책이 아이에게 연상할 수 있는 능력을 갖추게 도와주었다는 확신도 생겨 뿌듯했다.

책은 우리가 다 경험해 보지 못하는 세상을 간접적으로 느낄 수 있게 해주는 유일한 도구이다. 동화책은 글을 통해 상상하고 그림을 통해 세상을 익힐 수 있게 도와주었다. 그래서 글과 그림을 합쳐 놓은 동화책은 문해력을 최대한 끌어올려 줄 수 도구이다. 아이들에게 동화책을 읽어 주었던 나의 경험은 독서력이 약했던 나에게 탄탄한 기본기를 만들어주어 많은 책을 읽게 도와준 훌륭한 스승이 되어 주었다.

둘째, 말하기를 통한 메타인지 독서법

어렸을 적 나의 별명은 '백딱구'였다. '백여시'라고도 했다. 많은 식구 사이에서 자라다 보니 다양한 이야기를 귀로 들었다. 그리고 내가 말을 전달해야 하는 대상은 아이부터 어른, 그리고 할머니,

할아버지까지 매우 다양한 연령대였다. 외가 근처에 살았던 나는 외가에서 자주 하룻밤을 지냈다. 그럴 때면 TV에서 나오는 뉴스 소리와 함께 나는 이불에 돌돌 말려 아랫목에 놓였다. 외할아버지가 차마 나를 깨우진 못하고 따뜻한 아랫목에 밀어놓고, TV를 보고 계셨던 것이다. 아랫목에 놓일 때면 그대로 다시 잠이 들 때도 있었지만 뉴스 소리에 잠이 깨서 일어날 때도 있었다. 잠이 깨서 외할아버지와 같이 뉴스를 보고 있을 때면 뉴스에 나오는 낯선 용어들을 나에게 묻곤 하셨다. 시대가 빨리 변하니 뉴스에는 새로운 소식과 함께 새로운 단어들이 등장했는데 외할아버지는 그것을 항상 궁금해하며 나에게 무슨 뜻이냐 물으셨다. 그럴 때마다 사전을 찾아서 알려드리거나 내가 이해한 대로 말씀을 드렸다.

우리 집에 새로운 전자제품이 들어올 때도 아버지는 나에게 사용 설명서를 주셨고, TV가 새로 들어온 날도 리모컨에 대한 설명서를 주셨다. 에어컨, 컴퓨터를 사서 설치한 날도 아버지는 나에게 설명서를 주시면서 읽고 설명해 달라고 하셨다. 아버지가 이해하기 쉽도록 최대한 간단하고 간결하게 사용법에 대해 알려드렸다. 그냥 읽었을 때 알게 된 것보다 말을 하면서 정리되는 것들이 있었다. 지금에 와서 보니 이해한 것을 말로 설명하면서 전자제품 사용법에 대한 메타인지를 할 수 있었던 것이다.

아이들을 키우면서 많은 육아서를 읽었다. 사실 그 독서량이 절대적으로 많은 것은 아니었지만 다른 사람들의 독서량이 적으니 상대적으로 내가 읽는 독서량이 많이 보였던 것 같다. 책을 자주 읽는 모습을 신기하게 보는 지인들도 많았다. 육아서를 읽고 나면 육아서에 있는 내용을 말할 수 있는 기회가 자주 생겼다. 지인들과의 모임이나 친구들의 만남을 가지면 육아나 교육에 대한 고충의 대화가 오가면 육아서를 통해 체득했던 일화나 방법들을 말해 주곤 했다. 나의 말하기를 통해 육아서에 관한 내용을 다시 한번 되새길 수 있었고, 정리할 수 있었다.

아이들 책을 구매할 때도 큰돈이 들어가는 일이기 때문에 남편을 설득해야 했다. 남편 설득을 위해 육아 교육 그리고 뇌 발달과 관련된 책을 읽었던 경험으로 아이들의 책을 사줘야 하는 이유를 설명할 수 있었다. 아이들을 위해 책을 산다고 하는데 뭐라고 할 수 있겠는가? 남편은 마지못해 책 구매를 허락해 주었다.

갑자기 사고로 남편을 잃고 세 아이를 키워야 하는 가장이 된 후에도 나의 마음을 다잡기 위해 책을 읽었다. 마음을 다잡기 위한 멘탈관리 책들은 뜬구름 잡는 이야기처럼 느껴졌다. 의심이 많은 나는 그 책들을 읽으면서도 이해가 안 되는 것들이었는데 나와 비슷한 상황에 있는 분들과 같이 대화를 나누다 보니 어느새 내가 그 멘탈 관리에 있는 책들의 말들을 인용하고 있었다. 그렇게 멘탈 관리에 대한 책들도 나의 입에서 나오는 말로 정리가 되다 보니 체화가 되었다.

지금은 그 이론들을 객관적으로 이해하다 보니 감정의 기복에서 헤어 나올 수 있게 되었고 쉽게 흔들리지 않은 정신력을 갖게 되었다. 가끔 지인들의 고민을 들어주고 조언을 해 준 후에 도움

읽고 일하며 살아간다

이 돼서 곤란한 상황이 해결되어 고맙다는 이야기를 들을 때마다 나의 자아 효능감도 덩달아 높아지는 것을 느꼈다.

셋째, 기록을 통한 독서법

책을 읽을 때 항상 형광펜이나 노란색 색연필을 들고 다닌다. 기억력이 부족해 눈으로만 읽는 책은 쉽게 각인이 되지 않는데 줄을 치거나, 쓰면서 읽은 책은 기억이 잘 된다. 그래서 읽다가 중요하다고 생각하거나, 내가 필요하다고 생각하거나, 또는 누군가에게 전해 주고 싶은 구절을 보면 무조건 줄을 친다. 중요한 구절을 노트에 적기도 하고, 사진도 찍어두었다가 메시지가 필요한 사람에게 전달해 준다. 그 밑에 내 생각을 덧붙여 적어보기도 하고 내 삶에 구체적으로 어떻게 적용할 수 있을지도 기록했다. 책을 읽다 보면 나의 상황과 맞물려 내가 해야 할 창의적인 일들이 생각이 났다. 그것을 기록해 보는 것이 습관이 되었다. 기록했던 노트만 봐도 책의 내용이 기억이 나고 아이디어로 활용하기에도 좋았다. 기록을 통한 독서는 급한 아이디어가 필요할 때, 또는 사업을 하며 원장들과 소통하는 시간이 필요할 때, 다시 펼쳐보면서 도움을 받았다. 책을 다시 읽지 않아도 그 책의 내용이 다시 기억이 나고, 중요한 문장은 이미 적어 둔 노트를 보며 강의 초안을 잡거나 PPT를 작성할 때 활용하기도 좋았다. 지금 하고 있는 사업 또한 책을 읽고, 손으로 쓰는 과정을 통해 양질의 독서 능력을 올려준다는 걸 알리는 일이다. 한 권을 읽더라도 정확하게 읽는 징독 능력과 그 읽기 능력을 바탕으로 책을 탐구하는 활동을 통해 사고력을 향상해 주는 훈련을 한다. 내가 직접 겪어보고 도움을 받았던 내용이라 누구보다 이 사업에 대해 잘 설명할 수 있었다. 그것이 내가 이 사업을 선택한 이유이기도 하다.

읽고 일하며 살아간다

아날로그 단권화를 위한 '독서법'
[정교윤]

　내가 독서하는 이유는 일의 지침서 아날로그 단권화 바인더를 채우기 위함이다. 필요한 부분을 발췌하여 활용할 수 있게 재구성하여 모은 바인더는 내 무기다. 바인더를 채우고 수정하고 정리하는 것은 일에 대한 두려움에 맞서고 단단한 자신감으로 무장하기 위함이다. 책 한 권은 하나의 큰 목적을 중심으로 작가의 모든 역량을 쏟아부은 것이다. 우리가 어떤 문제를 가지고 있어도 책 한 권에 그 해결책이 꼭 있기 마련이다. 독서를 통해 문제에 대한 방법을 찾고 내 방식대로 재구성하여 바인더에 정리한다.

　단권화라는 목적이 있는 독서를 하기에 독서도 나만의 방법이 있다. 일을 하는 도중에 문제가 발생했을 때나 두려움을 느끼는 순간에 이것을 적용한다. 어떤 일에 직면하면 고민에 빠지지 않고 문제가 무엇인지 명확하게 하는 것이 중요하다. 이때는 종이에 써 보는 것이 좋다. 문제가 무엇인지 정확하게 알고만 있어도 두려움은 반쯤 사라진다. 지금 당장 해결할 수 없는 일이라면 문제해결을 위한 독서 시간 자체를 정해 놓는 것도 한 방법이다. 바로 처리해야 할 업무가 있다면 그 일부터 해결하는 대신 그 후에 독서할 시간을 정해 놓자. 독서를 위한 30분 정도의 시간만 확보해 놓아도 두려움은 남아 있는 것에 절반쯤 또 해결된다. 이 문제를 이제 해결할 길이 보이기 때문이다. 문제가 명확하기에 책들을 앞에다 두고 우왕좌왕하지 않는다. 처음 닥친 오늘의 이 문제는 앞으로도 슬기롭게 해결할 수 있도록 나만의 바인더에 정리해 두어야 하기에 문제를 문제만으로 보지 않는 것이다. 나의 역량을 키울 좋은 기회가 되는 것이다.

문제가 발생했을 때 단권화 바인더에 그 해결책을 찾아 정리하기 위한 나만의 독서법은 아래와 같다.

첫째, 유명인의 책이나 인기가 많은 책을 찾지 않고 내 앞에 있는 책 중에서 조금이라도 관련 있는 서적을 빠르게 찾는다. 내가 있는 이곳이 큰 도서관일 수도 있고 교육 도서가 책장 두 칸 정도밖에 채워지지 않은 곳일 수도 있다. 책 종류가 많은 곳일수록 책을 고르는 시간은 더 많이 걸린다. 책이 많으면 최대한 내 문제에 대한 해결책이 직접적으로 나와 있는 책을 찾으려 하기 때문이다. 책을 찾는 데 많은 시간을 보내면 끝도 없이 찾게 되고 에너지를 다 소모하게 된다. 책의 종류가 적더라도 내 문제와 조금이라도 연관성이 있는 책으로 향하면 된다.

교실에 있는 내 책상 위에 지금까지 모아 둔 책들이 있다. 《상담의 기술》, 《교실놀이백과 239》, 《글쓰기 교육과 협력학습》, 《인성놀이의 이해와 실제》 등의 책들이 종류별로 꽂혀 있다. 교육청에서 배부한 책도 있다. 주제별로 한두 권씩만 가지고 있다. 신간이나 유명 도서가 필요 없다는 것이다. 이 책 안에서도 내가 활용하지 못한 내용들이 가득하고 내 단권화 바인더에 들어가 열심히 활용하고 있는 극히 일부이기 때문이다. 그래서 좋은 책, 나쁜 책을 가리지 말자는 것이다. 책 한 권은 작가의 모든 것을 쏟아낸 것이다. 딱 맞는 방법은 없어도 연관 있는 내용이라면 해결의 힌트는 찾을 수 있다. 바인더에 기록할 내용은 나로부터 나오는 것이기에 결국 재구성, 재해석하는 일이 필요하다. 한 가지만이라도 얻으려는 마음으로 책을 읽으면 빠르게 찾을 수 있다. 해결책에 가까운 단어 하나만 발견해도 번뜩이는 나만의 아이디어가 떠오를 수 있다.

둘째, 그 문제를 염두에 두고 다른 분야의 책을 찾아보면 더 창의적으로 문제를 해결할 수 있다. 책을 찾았는데 해결의 실마리가 있는 단어나 문장을 찾을 수 없거나 그 분야의 다양한 책을 살펴봐도 해결되지는 않는 문제들이 있다. 아니면 새로운 프로젝트를 진행하는 데 아이디어가 필요한 때도 있다. 1학년 4월쯤 아이들은 학교생활에 익숙해지고 반 친구를 사귀게 되면서 활발했다. 반이 너무 소란하고 수업 종이 울렸는데도 차분해지지 않아서 고민이었다. 이런 고민을 하는 상태에서 국어 관련 책을 보다가 속담에 관련된 내용을 보게 되었다. 나는 이 속담을 수업 전 집중 활동으로 활용해 보기로 했다. 수업에 들어가기 전에 새로운 속담을 하나씩 알려 주었다. 새로운 속담을 알려 주기 전에는 항상 복습부터 했다, 내가 속담의 앞부분을 외치면 아이들은 자동으로 뒷부분을 외친다. 내가 '가는 말이 고와야' 하면 아이들은 '오는 말이 곱다'라고 말한다. 아이들은 경쟁심이 생겨 옆 친구보다 더 빠르고 큰 목소리로 외쳤다. 떠들고 있던 아이들도 하던 일을 중단하고 내 말에 집중했다. 이 방법은 지금도 유용하게 쓰고 있다. 이렇게 교실 놀이 관련 책에서 찾아야 할 내용을 국어 교과에서 찾으면서 나만의 창의적인 방법으로 완성했다. 당장 해결해야 할 문제가 아니라면 다른 분야의 책을 보다 보면 문득 연결 고리가 떠오르면서 문제가 해결되는 경우가 있다.

셋째, 책에 직접 내 생각을 메모하며 독서한다. 직접 산 책을 다 읽어 되팔거나, 도서관에서 대출한 책이 아니라면 독서의 몰입을 위해 연필을 들고 책을 읽는다. 밑줄을 긋기도 하고 메모를 하기도 한다. 내가 말하는 메모는 즉시 떠오르는 생각이나 내 삶과의 연결 고리를 적는 것이다. 다른 사람이 보면 그 뜻을 알지 못할 수도 있다. 그만큼 빠르고 편안하게 메모한다. 이렇게 한 메모는 평소에는 생각하지 못했던 아이디어가 가득하다. 《모든 삶은 흐른다》라는 바다를 인생에 비유하여 쓴 책을 읽으면서 내 삶에 저 밑

바닥 구석에 있는 기억을 꺼내 지금의 삶과 비교를 해 보며 힘을 얻기도 한다. 교육 관련 서적을 읽을 때는 내 일에 어떤 부분을 적용할 수 있는지를 빠르게 메모한다. 이렇게 메모한 것은 즉각적인 생각이므로 모두 활용하지는 못한다. 책에 적는 행위 자체가 내 삶을 자연스럽게 연결하고 독서에 몰입하게 하면서 내 삶에 적용할 수 있는 부분들을 찾게 된다. 이런 방식은 여유가 있을 때 가능하지만 문제해결을 위한 발췌 독서에서도 빛을 발휘한다. 깊은 사고의 길로 안내하면서 풀리지 않던 문제도 해결할 수 있다.

문제가 생길 때만 책을 찾아보지 말고 평소에 조금씩 읽으며 아날로그 단권화에 정리한 내용을 찾아보는 것도 좋은 방법이다. 이 행위 자체만으로도 일에 대한 자신감을 가질 수 있다. 책을 많이 읽을 필요는 없다. 매일 10분이라도 내 일과 관련된 책을 읽고 적용할 수 있는 부분을 발췌하여 실무에 바로 활용할 수 있게 재구성하여 기록해 나간다. 기록과 정리의 시간을 많이 들이지 않아도 된다. 이렇게 기록이 일은 막연한 두려움에서 벗어나게 해 준다. 스몰 스텝으로 나가되 꾸준히 해보는 것이 중요하다. 이렇게 조금이라도 쌓으며 직무에 적용해 보고 다시 수정해 나가며 탄탄히 가꿔가 보자. 문제에 부딪혔을 때 바인더를 꺼내 드는 순간 그 진가를 발휘할 것이다.

독서를 크게 즐기지 않아 독서가 익숙하지 않던 내게도 위와 같은 목적성 독서는 문제없이 이루어진다. 나는 어릴 때는 책을 별로 읽지 않았다. 커서는 책을 읽기도 했지만, 꾸준히 즐기지는 않았다. 독서의 필요성과 책의 매력을 모르기에 서점이나 도서관에도 잘 가지 않았다. 그런 내가 일을 하면서 문제와 두려움에 부딪히게 되었고 그 해결 방법을 독서에서 찾았다. 이제는 세상의 문제는 독서로 해결할 수 있다는 확신이 든다.

읽고 일하며 살아간다

제4장

읽기 시작했더니
일도 삶도 좋아지는 중

책이 어른을 만든다

[강혜진]

　실수투성이에 자꾸 사고만 치고 다니던 시절, 능력은 부족해도 의욕은 넘치고 성실 하나는 남부럽지 않다 자부할 만큼 열심히 살았던 그때, 나는 서른다섯 살이었다. 어려운 업무를 맡을 사람이 아무도 없어서 눈치만 보던 회의 시간, 어색한 침묵을 견딜 수가 없어서 내가 부장하겠다고 손을 덥석 들었을 때, 동료들은 자신감 넘치게 손을 든 내가 숨겨진 실력자인 줄 알았다고 했다.

　실상 나는 공문서를 작성할 때 오타를 수도 없이 내는 사람이었고 시간에 쫓기며 기획안을 작성하다 겨우 구색만 맞추고는 검토도 하지 않고 제출하는, 말 그대로 생초보였다. 교감 선생님께서 나를 불러 교무실 옆자리에 앉히곤 오타를 하나하나 수정하느라 오후 시간을 허비한 날이 하루 이틀이 아니었다.

　그해에는 과학 전담을 맡았는데 시에서 주최하는 과학 대회에 학생들을 출전시키기 위해 봄나들이 한 번 못 가고 과학실에 틀어박혀 꽃피는 계절을 스쳐 보냈던 것이 기억난다. 교직 생활에서 한 번 만날까말까 하는 똘똘한 아이가 마침 있었는데 그 아이와 과학상자 조립하는 연습을 몇 주간 열심히 했었다. 대회를 한 주

앞두고 출전자 명단이 든 공문을 받았는데 그 명단에서 우리 학교 아이들 이름이 누락된 걸 보고 하늘이 무너지는 것 같았다. 분명히 아이들을 출전시키겠다며 열심히 지도하고 있었는데 기한 내에 제출해야 했던 참가 신청 공문을 발송하지 않은 내 탓이었다. 교장, 교감 선생님께 이 사실을 알리고 교육청 담당 장학사님께 사정을 말씀드리며 하소연을 해 봤지만, 결국 아이들을 대회에 내보내는 건 불가능했다. 출전만 했더라면 좋은 결과를 낼 것이 뻔한 아이였는데 공문 발송하는 그 쉬운 일 하나조차 제대로 하지 못한 내가 낯부끄러워 혼이 났다.

아이들 앞길을 막는 무능한 교사. 그저 실수라고 치부하기엔 너무나 큰 잘못을 해 버린 나는 무거운 마음을 털어버리기 위해 믿음직한 선배님 교실에 가서 한참이나 하소연했었다. 그래봐야 이미 엎질러진 물을 쓸어 담을 수는 없는 일이었다.

잘하고 싶어 열심히는 했지만 능력은 부족하고, 시간이 부족해 쫓기듯 살았다. 지켜보던 선배 한 분이 젊으셨을 때 했던 자신의 실수담을 풀어놓으시며 그런 날도 있다고 위로해 주셨다. 스쿨버스 예산을 신청하는 공문을 놓쳐서 한 해 동안 스쿨버스 운행을 못 할 뻔했다는 것이었다. 털어놓기 쉽지 않은 실수를 털어놓은 선배. 그러나 마음을 진정시키지 못해 그 위로를 제대로 듣지 못했다. 한참을 자책하며 정신을 못 차리는 내가 안 돼 보였는지 신배는 책 몇 권을 선물해 주셨다. 책 읽을 시간도 내기 어려웠지만,

일단 책을 받아 들고 포장을 열어 보니 책이 3권이나 들어있었다. 선물 받은 책이니 허겁지겁 읽기는 읽었지만 무언가에 쫓기듯 눈으로 글만 읽어 내려갔으니 책 내용 중 기억에 남는 것은 없었다. 그런데도 그 책이 나에게 남달랐던 것은 책의 제목 때문인지도 모르겠다. 《생각대로 살지 않으면 사는 대로 생각하게 된다》, 어떻게 살고 있는지 제대로 생각조차 하지 못했던 나에게 선배 선생님이 들려주고 싶었던 조언은 아니었을까. 그때부터 고민하기 시작했다. 나는 어떻게 살고 싶어서 이다지도 허덕대며 바쁘게 살고 있는가.

열심히 살아야 한다는 것. 그것이 자꾸만 나를 불안하게 했다. 한 살, 한 살, 나이 들어 가는데 가시적인 성과는 하나도 내지 못하는 내가 못마땅했다. 머물러 있는 것이 아니라 뒤처지는 것만 같았다. 무엇을 하고 싶은지도 모르면서 닥치는 대로 하려 들었으니, 나는 빈 껍데기 같은 삶을 살고 있었다.

잘 살기 위해서는 어떤 것이 잘 사는 것인지에 대해서 먼저 확고히 해야만 했다. 그때 아주 어렸을 적부터 변함없이 늘 확고했던 나의 꿈을 떠올렸다. 어른스러운 사람, 존경할 만한 교사.

초등학교에 다닐 땐 완벽하게 잘하고 싶어서 선뜻 시작하지 못하고 머뭇거릴 때가 있었다. 발표하려다가도 혹시 틀리면 어쩌나, 내 발표를 듣고 다른 사람들이 뭐라고 생각하려나, 고민하다가 열에 아홉은 손조차 들지 못했던 소심한 어린 시절을 보냈다. 나 같은 아이들도 편안하게 지낼 수 있는 교실을 만들고 싶었다. 틀려도 비난받지 않고, 훌륭하지 않아도 환영받을 수 있는 안전한 교실을 만들고 싶었다. 적어도 내가 가르치는 공간에서는 아이들이 모두 안전하다고 여기고 불안과 강박, 실수에 대한 두려움을 내려놓았으면 좋겠다는 꿈이 있었다. 나는 그것이 어른으로서 내가 아이들에게 할 수 있는 최고의 배려라고 생각했다. 그렇게 꿈에 그리던 것을 실천하는 것이 잘 사는 것이 아닐까 하는 생각을 하게 되었다.

사람이 사람처럼 살려면 제대로 살아야 한다고 알려준 사람은 할머니셨다. 공부는 잘 못 해도, 돈은 많이 못 벌어도, 인간으로서 도리를 저버리고 살면 안 된다고 일러주신 분이다. 사람과의 관계로 마음이 상할 때는 다른 것 말고 내 마음을 먼저 챙기라 하셨다. 살다가 혹여 나쁜 마음이 들면 하늘이 다 보고 있으니 부끄러운 선택은 하면 안 된다고 하셨다. 높은 곳만 쳐다보며 허황된 꿈을 꾸지 말고 낮은 곳에 베풀 수 있는 게 없는지 먼저 살피라 하셨다.

할머니가 돌아가시고 나서는 책 속에서 할머니를 만난다. 힘든 세상 고개 꼿꼿하게 들고 살라며 토지의 서희가 용기를 준다. 나의 진짜 자아는 무엇인지 고민해 보라며 데미안이 조언을 건넨다. 가끔은 초록 지붕의 빨간 머리 앤이 종알종알 재미있는 이야기도 들려주고, 어떨 때는 야간 비행의 파비앵이 포기하지 말고 희망을 찾으라는 조언을 건넨다. 책은 이제 돌아가신 할머니 대신 나에게 어른의 역할을 톡톡히 하고 있다.

　책을 읽으며 입으로 내뱉는 말에 무게가 실리기 시작했다. 부정적인 말을 쏟아내는 횟수가 줄었고 혼자 있는 시간도 즐길 수 있는 사람이 되었다. 좋은 글을 읽으며 내 생각이 깊어지고 말과 행동이 신중해짐을 느낀다. 아이들에게 부끄럽지 않은 부모로, 학생들 앞에서 떳떳할 수 있는 교사로 성장하는 경험은 모두 독서 덕분이다.

　감사하며 사는 태도는 덤이다. 투덜대며 수업 분위기를 흐리던 그 아이가 오늘도 별 탈 없이 안전하게 하루를 보내고 집으로 돌아갔음에, 가족이 각자의 자리에서 제 역할을 하며 건강히 지내고 있음에, 찌푸릴 일이 없지 않았지만 어제보다 하루만큼 더 경험을 쌓고 그 감상을 기록으로 남겼음에 감사하며 산다.

　책 속에서 만난 무수히 많은 깨달음은 나를 기록하고 공유하는 사람으로 살게 해 주었다. 누군가에게는 깨우침을, 누군가에게는 위로와 희망을 줄 수 있을 거라 믿으며, 나의 경험을 차곡차곡 모아 출간하기 위해 도전 중이다. 내 글과 책을 통해 나도 도움을 주는 사람이 되겠다는 꿈을 키우며 매일 어른으로 성장하고 있다.

독서로 찾는 삶의 재미

[김나라]

2024년 5월 22일, 내 인생 첫 책을 출간했다. 독자에서 저자가 된 뜻깊은 한 해다. 이번 원고는 세 번째 책이다. 독서로 나만의 생각 조각을 모았기에 글 쓰는 삶도 선택할 수 있었다. 한 권의 책을 만드는 초고, 퇴고, 계약, 출간 전 과정에 충실했다. 출간 후 10분간 저자특강 기회도 얻었다. 어떤 말을 전해야 할지 고민했다. 내 책을 선물하고 싶었던 이들을 떠올렸다. 《나부터 챙기기로 했습니다》, 《문장, 살아갈 힘을 얻다》 책 안에 이야기로 담은 감사한 사람들이다. 두 번째 저자특강 자리에서 시간이 지나더라도 받은 은혜는 꼭 갚으며 살아가고 싶은 사람이라 말했다. 대학생 시절 방값을 받지 않고 함께 살았던 대학교 친구, 일이 생겼을 때 멀리까지 와 나를 챙기던 친구, 작은 일도 자신 일처럼 축하해주는 사람들, 삶에 본보기가 되어준 어른들 등 감사를 되갚아야 할 사람들이 많다. 책은 세상에 나온 이후 변하지 않는 기록으로 남는다. 그들의 이야기를 담는 일은 내가 받았던 감사함을 평생 잊지 않고, 전하고 남길 수 있는 좋은 방법이다.

일상에 지쳐 있던 어느 날, 데일리 카네기의 《자기관리론》이라는 책을 읽었다. 목차에 '걱정을 멈추는 법'이 눈에 띄었다. 몸이 피곤하거나 걱정거리가 많은 밤이면 가끔 고민에 뒤척이곤 했다. 걱정을 멈추는 내일을 만드는 방법은 누군가를 기쁘게 할 생각이면 충분하다고 말했다. 좋은 내용을 읽고 내게 적용할 수 있는 방법을 찾거나 기록하곤 한다. 데일리 카네기의 책 내용처럼 의도적으로 누군가의 마음을 기쁘게 할 생각을 했다. 그리고 이어진 생각은 나와 연결된 소중한 사람부터 챙겨보자는 마음이었다. 한 해가 갈수록 부모님께 소홀했다는 생각에 아쉬웠다. 최근 아버지의 뇌경색 수술 이후 온 가족이 긴장했던 시간은 이런 마음을 더 갖게 했다. 평소 다정하고 수다스럽게 말을 하는 딸은 아니라서 따뜻한 말을 건네기가 어색했다. 수술 후 회복이 될 때까지 뱃속에 둘째 아이가 생겼다는 말도 쉽게 꺼내지 못했다. 중환자실 앞에 앉아 경과를 기다리는 마음이 무거웠다. 병간호로 고생하는 엄마에게도, 아빠 마음을 챙겨 주는 고모에게도 한두 마디 따뜻한 말을 전하기 쑥스러웠다. 가족이라는 관계로 당연하게만 여겨 왔던 마음 대신 고마움을 표현하는 내가 되어야겠다고 생각했다. 서툴지만 더 이상 미루지 않아야 할 것 같았다.

석 달 전, 이은희 작가의 《마흔은 쓸데없이 불안하다》라는 책을 선물 받았다. 책 쓰기 코치 백란현 작가의 광주 책 쓰기 무료 특강에 갔다가 우연히 알게 된 작가다. 백란현 작가 덕분에 책 선물도 받고, 귀한 인연을 알게 되었다. 책 표지 앞 사인도 받고 저녁 식사도 하고 헤어졌다. 집으로 돌아와 정리 후 책을 펼쳤다. 주말이라 여유를 즐기며 책을 읽었다. 책을 읽는 내내 마음에 남는 내용이 있었다. 부모님께 다이어리를 선물했던 일화다. 단순한 다이어리가 아니었다. 적으면 '무엇이든 이루어지는 다이어리'라는 이름이 붙은 다이어리다. 기록은 위로와 성장의 힘을 가지고 있다고 믿는 나에게는 꽤 매력적인 선물이었다. 평소 무뚝뚝한 부모님에게 마음껏 마음을 털어놓을 수 있는 다이어리를 드리면 좋겠다는 생각이 들었다. 그리고 마음을 표현하지 못했던 나의 짐을 조금이나마 덜어낼 수 있는 좋은 선물 같았다. 막내 고모 것까지 총 세 권의 다이어리를 주문했다. 9월 추석 명절, 세 분께 드렸다. 어색한 말투로 모든 게 이루어지는 다이어리라며 선물을 건넸다. 그로부터 2주 뒤, 다시 본가에 갈 일이 생겼다. 그때 고모는 내가 준 다이어리 잘 쓰고 있다고 했다. 이틀 뒤, 고모는 나에게 카톡으로 다이어리 맨 앞장의 사진 한 장을 찍어 보냈다.

"나의 사랑하는 김나라 조카가 소원이 이루어지는 노트라면서 준 소중한 선물"

사진 한 장에 미소가 지어졌다. 고모가 펜으로 적은 한 문장을 구절구절 끊어 몇 번이고 읽었다. '나의, 사랑하는 조카, 소중한 선물' 책에서 배운 방법으로 다이어리를 선물한 것도 뿌듯했지만,

좋아하는 마음을 표현 받으니 몇 배로 행복했다. 한 권의 책으로 얻은 지혜를 누군가에게 전하고 받은 보답이 컸다. 책 읽는 삶이기에 얻을 수 있었다. 고모에게 카톡을 받은 날 저녁, 이은희 작가에게 메시지를 보냈다.

"작가님 안녕하세요. 작가님께서 부모님께 소원이 이루어지는 다이어리를 선물했다는 내용을 보고, 저도 추석에 부모님과 고모께 선물을 드렸어요. 생각보다 정말 좋아하시더라고요. 작가님 덕분이라 감사함을 전합니다."

한 시간 뒤 답장이 왔다.

"세상에, 정말 잘하셨어요. 아빠 글씨체도 생각나고, 부모님도 마음속 이야기가 다 있더라고요. 좋은 이야기 전해주서서 감사해요."

감사함을 전한 메시지에 모범 독자라는 칭찬까지 받았다. 다음 날 신랑과 점심을 먹고 집으로 돌아가는 차 안에서 어제 있었던 이야기를 했다. 살아가면서 내가 느낄 수 있는 소소한 재미 중 하나라고 말했다. 책과 가까이하는 삶에 감사했다. 책 속에서 얻은 걸 나에게 적용하면 그 기쁨을 사랑하는 이들에게 전할 수 있다. 가끔 그 기쁨은 나에게 배가 되어 돌아온다. 세상의 모든 것은 진동이 존재한다고 했다. 좋은 진동에 반응하는 건 오로지 같은 진동이라, 좋은 진동을 내 뿜으면 다시 좋은 진동이 돌아올 수밖에 없다는 말이 떠올랐다. 내가 좋아하는 독서로 배움을 얻고, 다른

이들에게 나누는 일은 나를 행복하게 만든다. 독서를 통해 얻는 나만의 살아가는 재미다.

제4장. 읽기 시작했더니 일도 삶도 좋아지는 중

아이와 함께 성장하는 초보 아빠

[김선호]

사랑하는 딸이 우리에게 찾아왔다는 사실을 알게 된 순간부터 저희 부부는 열심히 육아서를 읽으며 공부를 했고, 아이가 태어난 후에도 여전히 책을 붙들고 살고 있습니다. 그렇게 딸이 자라나는 만큼 만나게 되는 문제 상황 또한 다양했습니다. 그때마다 궁금한 것을 독서를 통해 하나씩 배워나가다 보니 어느새 큰 책장이 육아서로 가득 채워졌습니다. 때로는 아이를 키우는 데에 있어서 같은 주제의 책을 여러 권 주문하고 읽는 저를 보며 너무 유난스러운 것 아니냐는 말을 하는 사람도 있습니다. 그러면 저는 이렇게 대답합니다.

"제가 유난스러워 보이시나요? 네, 유난스러운 것 맞습니다! 사랑하는 아이를 올바르고 건강하게 키울 수만 있다면 유난스럽지 않을 이유가 있을까요?"

저는 교육 및 언어학 전공자입니다. 그래서 그동안 언어와 관련된 현상을 이해하고 가르치는 것에는 자신이 있었습니다. 눈에 넣어도 아프지 않을 예쁜 딸이 "아… 아…빠!"라고 처음 불러주었던 그 순간, 세상을 다 얻은 듯한 기분에 날아갈 것만 같았습니다. 그런데 첫입을 뗀 후로 한 달이 지나고, 두 달이 지나도 딸이 할 수 있는 단어 및 표현은 여전히 한정적이었습니다. 또래 아이들을 보면 한 단어 시기를 지나 여러 단어를 연결하여 제법 그럴듯한 문장을 구사하는데, 우리 딸은 여전히 한 단어는커녕 엄마 아빠 외에는 제대로 말할 수 있는 단어가 없어 보였습니다. 그렇게 딸에 대한 걱정이 쌓이다 보니, 제 머릿속은 하얀 백지가 되었습니다. 아이의 언어 발달은 어느 한 지표로 설명할 수 없으며 지금도 발달 과정 중에 있다는 것을 머리로는 이해했지만, 자폐라든지 언어 발달 장애와 같은 쓸데없는 걱정에 사로잡힐 수밖에 없습니다. 그 순간 저는 언어학 전공자가 아니라, 순전하게 '초보 아빠'였던 것입니다. 그래서 저는 다시 《0~5세 언어 발달 엄마가 알아야 할 모든 것》, 《언어발달의 수수께끼》, 《하루 5분, 엄마의 언어 자극》과 같은 책을 꺼내 들어 아동의 언어 발달 과정에 대해 상기하며 "그래, 원래 지금 이 시기에는 이럴 수 있어!!"라며 스스로 불안한 마음을 가라앉힐 수 있었습니다. 물론 지금 딸의 입은 단 한시도 가만히 있지 않아 온종일 듣고 있으면 귀에 피가 날 것만 같습니다. 이렇게 독서는 정보를 얻을 수 있을 뿐 아니라, 알고 있던 것을 다시 한번 확인하며 아이가 스스로 성장하도록 기다려줄 수 있는 좋은 방법 중 하나입니다.

사랑하는 딸이 생후 400일 정도가 되자 제법 혼자 잘 걷기 시작했습니다. 집 앞에 있는 공원에 산책하러 가게 되면 안겨 있기보다는 직접 발을 내디뎌 호기심 가득한 표정으로 이것저것 구경하려 했습니다. 물론 아직 마음이 급해 발이 꼬여 넘어질 때도 있기 때문에, 제 손을 뿌리치는 딸을 볼 때면 항상 노심초사 불안했습니다. 그래서 딸의 뒤를 졸졸 따라다니며 잡아주려 애를 썼지만, 그럴수록 혼자 걷는 법을 터득한 딸은 저의 손길을 완강하게 뿌리치려 하였습니다. 그 순간 한 가지 생각이 머릿속을 스쳐 지나갔습니다.

"아, 이 순간에도 아이는 자라고 있구나!"

아이는 지금 이 순간에도 키가 자라고 생각이 자라며 하나의 인격체로 성장하고 있습니다. 비록 다치지 않도록 건네는 도움의 손길이었지만, 어떻게 보면 스스로 세상을 배워가는 딸의 성장을 막고 있던 손이었을지도 모른다는 생각이 들었습니다. 그래서 그날 저녁, 신나게 놀고 잠든 딸의 얼굴을 보며 근래 제가 가장 많이 했던 말이 무엇일까 생각해 보았습니다. 많은 고민이 필요하지도 않았습니다. 딸을 보호한다는 명목하에 외치는 "안돼!"라는 한 마디가 단연 많았습니다.

아이가 하루가 다르게 성장하는 것과 마찬가지로, 아빠가 된 우리 역시 하루가 다르게 '아빠'로서 성장하고 있다는 것을 기억해야 합니다. 우리가 건네는 말 한마디가, 행동 하나하나가 사랑하는 아이에게 있어서는 또 하나의 경험입니다. 그 경험으로 말미암아 아이는 어제와 다르게 오늘도 자라가고 있습니다. 다른 각도에서 생각해 보면, 아빠의 성장이 더디고 제자리에 멈추어 있다면 아이에게 제공해 줄 수 있는 경험과 자극 역시 한정적일 것입니다. 반대로 아빠가 매일 공부하며 성장한다면, 아이 또한 아빠의 성장을 거름 삼아 자라날 것입니다. 그리고 우리 또한 자라나는 아이와 함께 발맞추어 걸어가며 진정한 '좋은 아빠'로서 성장할 수 있습니다.

저는 아이에게 더 좋은 아빠가 되고 싶어 무엇을 실천할 수 있을지부터 생각해 보았습니다. 그렇게 육아휴직을 결정하게 되었고, 육아라는 일에 본격적으로 뛰어들었습니다. 아이가 먹는 이유식과 반찬부터 시작하여 온종일 어떻게 놀고 재워야 할지부터 생각해 보았습니다. 다른 것들은 어떻게든 해낼 수 있겠는데, 단한 가지가 고민이 되었습니다. 바로 아이와 놀아주는 것이었습니다. 아직 말도 제대로 하지 못하는 아이와 놀아주는 방법은 아무리 고민해 보아도 쉽사리 떠오르지 않았습니다. 그래서 읽기 시작한 책이 《장유경의 아이 놀이 백과》와 《아이에게 '좋은 아빠'를 선물하는 하루 15분 아빠놀이티》입니다. 아이의 성장 단계에 맞추어 신체 및 감성 발달을 고려한 놀이법이 잘 정리되어 있기에, 당장 적용할 수 있는 놀이를 골라 하루에 하나씩 아이와 놀기 시작하였습니다. 그러자 아이는 자신의 발달 수준에 맞는 놀이를 할 수 있어서 그런지 더욱 집중하는 모습이었고, 그 모습을 보고 있자니 역시 책을 읽기 잘했다는 생각이 들었습니다. 육아 독서는 아이를 바르게 자라게 할 수 있을 뿐만 아니라, 아빠에게도 보람되고 의미가 있는 인생의 길라잡이가 됩니다.

우리는 아이의 손을 잡고 인생의 동반자로서 함께 길을 걸어가고 있습니다. 서로는 서로의 삶 속에 깊숙이 들어와 있어 떼려야 뗄 수 없는 깊은 관계가 되었습니다. 그래서 우리는 독서를 멈출 수 없습니다. 매 순간 자라나는 아이에게 필요한 것이 무엇인지, 그리고 내가 할 수 있는 것이 무엇인지를 파악하고 실천하기 위해서는 열심히 공부하고 행동해야 합니다. 그런데 바쁜 일상에서 책을 읽는다는 것은 생각만큼이나 쉽지 않습니다. 하루 종일 업무에 시달리고 퇴근하여 2차로 이어지는 육아와 집안일로 인해 지칠 대로 지친 몸을 이끌고 책을 펼친다는 것은 기적과도 같은 일입니다. 그럼에도 불구하고 우리는 책을 펼쳐야 합니다. 하루에 한 가지 주제만, 아니 하루에 단 한 장만이라도 읽고 생각하고 실천할 수 있다면 그것만으로도 충분합니다. 하루하루 읽은 한 장이 모여 한 권의 책이 될 수 있으니까요. 그리고 무엇보다도 오늘 읽은 단 한 장의 독서가 사랑하는 아이와 배우자에게 추억과 웃음을 선물할 수 있습니다.

읽고 일하며 살아간다

5살이 되어 유치원에 간 딸은 '유춘기'가 시작되었습니다. 쉽게 짜증과 화를 내고 가정에서 사용하지 않던 단어를 사용하여 감정을 격하게 표현하곤 합니다. 그래서 요즘에는 《어떻게 말해줘야 할까》를 읽으며 저부터 아이의 감정을 헤아려주고 고운 말과 표현을 쓰려고 노력하고 있습니다.

초보 아빠 여러분, '아빠'가 되었다는 것을 알게 된 그 순간을 기억하시나요? 세상의 모든 것을 다 주고 싶은 우리 아이에게 '좋은 아빠'가 되고 싶지 않으신가요? '아빠'가 되기에는 약 10개월이라는 시간이 필요하지만, '좋은 아빠'가 되기에는 얼마나 더 많은 시간이 필요할지 모르겠습니다. 모든 것이 서툴고 어색하기만 한 초보 아빠라면, 사랑하는 아이를 위해 더 많이 노력하고 공부해야 합니다. 지금 손에 들고 있는 핸드폰을 그만 내려놓고, 생각하고 많이 읽고 배우자와 함께 이야기 나누어 보는 것은 어떨까요? 오늘 생각하고 읽고 나눈 독서의 경험이 여러분을 '좋은 아빠'로 거듭나게 도와줄 것이라 믿습니다.

삶의 무게 중심이 바뀌어요

[김효정]

　늦은 나이에 결혼했고 아이도 한 명 낳았다. 어렵게 낳은 아이의 귀엽고 소중함은 이루 말할 수 없다. 보면 볼수록 예쁘고 어떻게 내 속에서 나왔는지 조물주의 신묘막측함이 놀라울 따름이다. 그런데 문제는 그렇게 기다리고 고대했던 아기가 너무 이해가 안 된다는 점이다. 특히 울 때, 아기가 왜 우는지? 달래도 왜 안 달래지는 도무지 이유를 알 수 없었다. 어느 순간부터는 매일 아기가 1시간 이상을 울었다. 낮에는 괜찮았는데 밤에는 여지없이 울었다. 하루는 새벽 5시까지 우는데, 안아도 울고, 내려놓아도 울었다. 나도 같이 울고 싶었다.

　인터넷에 나와 비슷한 사연의 이야기가 많이 올라와 있어 위로도 되고 정보도 얻을 수 있었지만, 나에게는 좀 더 전문적인 설명이 필요했다. 그래서 친구가 선물로 준 전문가가 쓴 육아서를 읽기 시작했다. 책은 생각의 무게 중심을 내 중심에서 아기 중심으로 옮겨주었다. 내 중심으로 생각할 때는 이해되지 않던 아기가 아기 중심으로 생각하니 이해가 되었다. '내가 아기였다면' 따뜻한 엄마 배 속에 있다가 어느 날 세상에 나와 더위와 추위를 경험하고 배고픔과 불편함도 느끼는 이 낯선 환경이 얼마나 힘들었을지 이해 못 하는 것이 오히려 어렵게 여겨졌다. 그때부터 나는 세상에 적응하기 위해 힘차게 울어대는 아기를 볼 때, 엄마로서 힘차게 아기를 응원하게 되었다. 아기를 존중하기 시작한 것이다.

친구가 내 결혼에 대해 "언니는 기차가 어디로 가는지도 모르고 올라탔어!"라고 말한 적이 있다. 우리의 결혼은 빨랐다. 남편과 나는 두 번째 만남에서 "예쁘게 연애해 보자."며 연애를 시작했다. 결혼은 6개월 안에 이뤄졌다. 친구 말대로 결혼 생활도, 상대방도 잘 모르고 시작하는 것이었기에 결혼 생활에 대한 불안감은 너무 컸다. 하루는 개도 안 하는 결혼을 왜 사람은 해야 하냐며 불평한 적도 있었다.

나는 제대로 된 연애를 해 본 적이 없다. 짧게 만난 사람은 있었지만 제대로 된 감정교류 없이 서로 잘 보이려고 노력만 하다가 헤어졌다. 게다가 내 주위에 남자라곤 아홉 살이나 어린 남동생 하나밖에 없다. 그렇다 보니 자연스럽게 남동생은 남자의 기준이 되었다. 귀엽고 말 잘 듣는. 그런데 세상에 어떤 남자가 여자를 큰 누나 따르듯이 하겠는가? 다른 사람들은 다 연애도 잘하고 결혼도 잘하는 것 같은데 나는 대체 무슨 문제가 있어서 남들 다 하는 연애도 못 하고 결혼도 못 하는지 이해가 안 됐다. 그래서 나는 내가 왜 연애를 깊이, 길게 못 하는지 알고 싶어서 《5가지 사랑의 언어》라는 책을 읽었다. 사랑하는 사람과 소통하기 위해서는 상대방이 원하는 방식으로 소통하라는 것이 주요 메시지인 책이다. 나는 이 메시지를 결혼생활에 잘 적용하고 있다. 물론 남편에게도 이 책을 소개했다. 나는 "함께 있는 시간"이 중요한 사람이고, 그는 "인정하는 말"이 중요한 사람이다. 그래서 나는 남편에게 칭찬하고 격려하는 말을 많이 한다. 그러면 남편은 항상 내게 고맙다고 한다. 그리고 그는 나와 시간을 많이 보내기 위해 노력한다. 나는 그와 함께 있는 시간이 갈수록 좋다. 우리가 원만히 소통하기 위해서는 상대방이 원하는 언어로 표현해야 서로 서운하지 않게 될 것임을 안다. 말 한마디라도 내 처지에서만 뱉은 말은 상대방의 감정을 상하게 하고 우리의 관계를 어렵게 만들 것이기에 우리는 나와 그가 다름을 이해하고 상대방을 존중하려고 노력한다. 이러한 사랑의 언어는 한마디뿐일지라도 시금치나물에 넣은 참기름 한 숟갈처럼 나와 그의 관계를 고소하게 만들어준다.

요즘에 읽고 있는 책은 《어린이라는 세계》이다. 현재 저자가 가르치고 있는 아이와의 경험담과 자신의 어린 시절을 비교하며 현재의 아이들을 관찰한 경험을 통해 얻은 어린이에 대한 작가의 사색이 담겨 있다. 나는 20년 넘게 초등학교 현장에서 아이들을 가르치고 있지만 갈수록 어린이를 이해하기가 어렵다. 그래서 이 책을 통해 어린이를 좀 더 이해하고 싶어서 읽고 있는데, 매일매일 아이들과 전투가 일어날 때마다 아이들은 이해할 수 없는 것투성이의 집합체로 보이지만 내 딸아이에게 그랬듯 아이들의 처지에서 생각해 보면 그들의 행동이 이해하기 어렵기만 한 것은 아니다.

결국은 내가 내 중심적 사고에서 벗어나 아이들 관점에서 그들을 볼 수 있느냐가 아이들의 세계로 들어가 그들의 모습을 볼 수 있는 열쇠가 될 것이다. 그리고 나도 어린 시절이 있었으니까, 어른들이 이해되지 않았던 그 시절의 나라면 지금의 아이들을 이해하는 게 어렵지만은 않을 것이다.

이렇게 책은 삶의 무게 중심을 나에서 딸로, 남편으로, 내가 가르치고 있는 아이들에게로 옮겨서 딸을 이해하게 하고, 남편을 이해하게 하고, 내가 가르치고 있는 아이들을 이해할 수 있게 만들어주었다. 딸을 이해하고 나니 딸의 울음소리는 목소리가 되었고, 남편을 이해하게 되니 남편의 언어는 사랑이 되었으며, 아이들을 이해하고 나니 아이들이 성장하고 있음을 알 수 있었다. 타인에 대한 이해는 그들을 존중하는 밑거름이 되었고 나 역시 그들로부터 존중 받게 만들어주었다. 책을 통해 단순히 지식을 추구했던 것이 나를 나라는 세상에서 꺼내어 다른 사람의 그것과 연결해주는 통로이자 도구로 돌아왔다. 부족한 면을 보충하여 나의 세상을 넓혀주었을 뿐만 아니라 나의 세상을 단단하고 따뜻하게 만들어준 것이다. 책은 내 삶의 가치관과 태도에도 영향을 주어 내 중심적 사고에서 벗어나 타인과의 삶을 공유하고 함께 만들어갈 수 있는 지혜도 길러주었다. 나를 다른 사람들과 함께 더불어 사랑하며 살아갈 수 있는 사람이 되도록 도와주었다. 가까이에는 딸을 이해할 수 있게 만들어주었고, 남편을 더 사랑할 수 있게 했으며, 또 타인들과 더불어 살아갈 수 있도록 다른 사람을 이해할 수 있는 지혜를 주었다. 이렇듯 책은 나의 겉과 속을 채워 내 삶을 짓는 소중한 재료가 되었다.

책은 인생의 친구입니다

[라오쯔]

화를 잘 내는 사람이 있다. 대단한 잘못을 한 것도 아닌데 상대방에게 버럭 소리를 지르거나, 듣기에도 불편한 말을 내뱉으며 그 말이 화를 참는 자신의 배려처럼 포장하는 사람들이다. 첫아이를 임신하고 나도 화가 많은 사람이 되었다. 감정도 시시각각 급변해 내가 스스로를 제어할 수 없었다. 화를 내는 횟수도 잦고 강도도 조금씩 높아졌다. 처음엔 임신 초기의 증상이라고 가벼이 여겼지만, 이해한다고 다독이던 남편이 자리를 피하는 걸 느끼고 심각함을 알았다. 인터넷으로 임신 초기증상을 검색했다. 신체적인 변화는 동일했지만 임신으로 인한 심리적인 불안감만으로 나의 화를 이해할 수는 없었다. 관심 있게 읽었던 사람의 심리에 대한 책을 꺼내 다시 읽었다. 내 마음이 조금씩 이해되었다. 서점에서 전문성이 더 해진 심리 책을 구입해 읽고, 예전과는 달리 화를 많이 내고 작은 일에도 흥분하며, 꼬투리를 찾아 스스로 마음을 상하게 만드는 내 증상은 분명 그것과는 다르다는 것을 확신했다. 당시의 나는 새로운 생활에 적응하고 있었다. 결혼으로 생활공간이 달라졌고, 아는 사람이라곤 남편밖에 없는 타향 생활이었다. 남편의 가족이 모두 근거리에 살고 있어 새로운 가족과 친해지기 위해 자주 모이곤 했다. 이런 생활의 변화가 낯가림이 심하고 적응력이 더딘 나에게는 힘들었던 모양이다. 적절한 의사 표현을 어떻게 해야 할지 몰랐던 나는 하나씩 불만이 생겼고, 누군가와 의논하거나 해결하려 노력하는 대신 스스로 마음에 생채기를 만들고 곪아가도록 방치했던 것이다. 시기적절한 표현을 했다면 상황은 더 좋았을 것이다. 하지만 나는 말이 없는 편이었다. 주제가 있는 준비된 표현은 하지만, 감정을 표현하거나 내 상황을 이야기로 풀어내는 것은 서툴렀다. 철이 들면서 말하는 것보다 듣기를 주로 했는데, 듣는 걸 좋아해서가 아니라 말을 하는 것보다는 더 낫기 때문이었다. 정감 어린 수다에는 더 소질이 없어, 직설적인 나의 표현법으로 간간이 상처 입는 사람들을 보면서 스스로 선택한 침묵이었다. 직장과 친구들 간에 소소한 소통의 문제가 생기기도 했지만, 직장에선 대부분이 일에 관한 문제였고, 일이 해결되면서 갈등도 자연히 해소되었다. 친한 친구 몇몇은 그간의 추억과 정이 있어 시간의 차이만 있을 뿐 대부분의 오해는 풀렸다. 하지만 가족이 된 지 얼마 안 되는 시댁과의 갈등은 달랐다. 나는 나대로, 그들은 그들대로 오해가 깊어지고 있었다. 책은 불편한 사람일지라도 자신의 감정과 입장을 조금씩 표현하라고 했다. 관계의 종류를 불문하고 나와 다른 사람과 함께 생활하는 것은 어렵고, 가족이라면 더욱 그렇다고 했다. 한쪽에서 이미 정해진 체제와 틀이 타인으로 인해 흔들리는 것을 원하지 않으며, 타인도 이해하고 받아들이는 데는 그만한 시간과 노력이 필요하니 서두르지 않을 것을 조언했다. 시간을 두고 조금씩 가까워지는 방법을 찾아야 했다. 가장 먼저 마음의 장벽부터 허물기로 했다. 오해는 오해를 낳고, 의심은 다른 의심을 찾기에, 큰 피해를 주지 않는다면 내 마음이 편한 방향으로 해석하고 상황을 긍정적으로 받아들였다. 나와 의견이 다를 때에는 다수의 의견에 따르고, 불편한 만남은 적절한 핑계를 대며 참여 대신 응원으로 마음을 전했다. 가깝던 시댁과의 물리적인 거리감도 넓혔다. 만나는 횟수도 줄이고 해야 할 일을 만들며 나에게 집중했다. 시간이 지나면서 점차 마음이 안정되었고 화를 내는 횟수와 강도도 줄었다. 나도 몰랐던 내 마음의 변화를 알려 준 고마운 책을 책장에 정리하며 결혼으로 잠시 멈추었던 책 읽기를 시작했다.

말하기에 소질이 없던 나는 책을 자주 읽었다. 집에서는 책을 살 수 없어 주로 학교 도서관을 이용했다. 시골의 작은 분교였던 초등학교지만 도서관은 제법 규모도 있고 책도 많았다. 졸업을 얼마 앞두고 그곳의 책은 거의 다 읽었다. 학급 자율학습 시간에 친구들에게 재미있는 책을 이야기로 들려주기도 했다. 읽은 책이 많으니 쓸 내용도 많을 거라며, 담임선생님께서는 졸업까지 하루 2편씩 독서 감상문을 쓰도록 권유하셨다. 꾸준하게 쓴 원고지는 높이 쌓였고, 후배들에게 본보기가 된다며 선생님은 교무실 한쪽에 자리를 마련해 보관해 두시기도 했다. 좋은 글이어서가 아니라, 꾸준함의 좋은 예시가 되었기 때문이다. 그렇게 읽고 썼던 덕분에 성인이 되어서도 독서를 꾸준히 할 수 있었다. 화를 내던 나를 스스로 돌아보게 해 준 것도 책이었다. 책의 조언대로 나를 위한 보호막을 만들고, 마음을 단단하게 키워갈 수 있었다.

마음의 상태를 살피도록 도와준 책은 정서적 안정감을 주기도 한다. 차분하게 책을 읽다 보면 두려움마저 잊게 되는데 옛날, 어린 나에게도 책은 위안이었고, 보호막이었다. 내가 살던 시골에는 도시보다 밤이 빨리 찾아오곤 했다. 논농사를 짓는 집이고, 농번기 주말엔 온 식구가 농사일에 매달린다. 일을 하다 보면 채 끝나기도 전에 어둠이 내리기 일쑤였다. 농촌의 일은 해가 졌다고 마치는 것이 아니라 마무리가 되어야 끝난다. 그런 날엔 여지없이 나는 시골집에서 혼자 식구들을 기다려야 했다. 함께 일을 하다가 저녁 식사 시간이 되면 막내인 나는 집으로 가서 밥을 안치고 식사 준비를 해야 했기 때문이다. 일 나간 식구가 올 때까지 텅 빈 집에서 밤늦도록 혼자 기다리는 것은 외롭고 무서운 일이었다. 가로등 하나 없는 시골길을 걸어 일터로 다시 갈 수도 없었다. 시골에서는 집집마다 개를 키우는데, 어둠 속에서 쥐 한 마리라도 지나가면 여기저기 "컹컹"하고 짖어 댄다. 혼자서 듣는 그 소리는 안전함보다는 되레 두려움과 무서움이었다. 그때마다 꺼내 읽었던 책이 있었는데, 다 낡은 문예잡지였다. 어디서 났는지는 모른다. 참고서도 물려받는 우리 집에서 샀을 리는 만무했고, 잡지를 받아 볼 만큼 시골 형편이 좋지도 않았으니, 이웃에서 가져온 것도 아닐 것이다. 아마 고등학생 언니가 학급문고에서 가져와 읽고 그대로 두었을 터였다. 철 지난 월간 문예잡지이고 군데군데 페이지가 찢어져 있어, 도로 가져다주지 않았던 것이다. 글 속의 주인공은 아픈 어머니와 함께 살며 집안의 가장 노릇을 하는 초등학교 6학년 여학생이었다. 들판의 쑥과 나물을 캐서 시장에 내다 팔아 살아가는 어려운 형편이었지만 작가가 되는 꿈을 꾸며 노력한다는 내용이다. 또래였던 나에겐 희망이었고 친구 같은 책이었다. 시골 소녀라는 동질감 때문인지는 몰라도 이후에도 어려운 일이 있거나 속상한 일이 있을 때마다 나는 그 책을 두고두고 읽었다. 그 작품은 수상작으로 선정되어 잡지에 실렸고, 작가와 주인공이 동일 인물이 아니었다. 그것을 알지 못했던 어린 나는 두렵고 힘든 일을 견디면, 글을 쓴 주인공처럼 좋은 글을 쓰는 작가가 될 수 있다고 믿었다. 어린아이의 현실감 없는 치기였지만 마음을 안정시키는 처방전과 같은 책 한 권은 선물과도 같았다. 학창 시절에도 좋아하는 도서류는 주로 어려움을 견디고 성장하는 줄거리의 소설책이었다. 현실의 어려움을 책으로 대리만족하고 싶었는지도 모른다. 하지만 어떠한 경우에도 포기하는 것은 자신을 지키지 못하는 행동이고, 머잖아 노력의 대가를 얻게 된다는 책의 메시지는 분명하게 기억했다.

현실은 때론 두렵고 힘에 겨워 무겁다. 그럴 때 나를 토닥이고 위로하는 한 권의 책이 있다면 마음이 안정되고 따뜻한 희망의 메시지도 읽을 수 있다. 책이 들려주는 타인의 이야기를 통해 내 마음의 상태도 체크해 보면 좋겠다. 나의 성장을 돕고, 나를 알게 해 준 책은 평생의 친구이고 동반자이다.

06

삶의 변화를 만들어 내는 독서
[박영희]

취미로만 하던 독서에서 목적을 가지고 독서를 시작한 후 삶이 조금씩 변화하는 것을 느꼈다. 가장 큰 변화는 일과 삶의 균형이 생겼다는 것이다.

아이 둘 키우는 워킹맘으로 살면서 삶의 중심을 잡는 것이 무엇보다 어려웠다. 일에 집중하다 보면 가정에 소홀한 것 같아 죄책감이 들고, 가정에 집중하다 보면 해야 할 업무에 쫓겨 무능력해지는 것 같았다. 두 마리 토끼를 다 잡고 싶은 마음에 의욕이 앞서다가도 뜻대로 잘되지 않으면 '내가 욕심이 많은 걸까?' 하며 자책하기도 했다. 둘 다 잘하고 싶은데 어느 하나도 제대로 하는 것이 없는 것 같았다. 부족한 시간을 쪼개가며 열심히 살아가는데도 늘 채워지지 않는 것 같고 삶이 고갈되는 기분을 느꼈다. 그럴 때마다 기운이 빠지고 의욕을 잃어갔다. 돌파구를 마련하기 위해 내게 필요한 것들을 하나씩 채워 넣으며 집중하는 시간을 갖기로 했다.

학교에서 아이들과 뒤엉켜 씨름하고, 퇴근 후에는 집안일과 아이들 육아를 하느라 밤이 되면 기력이 다해 그저 쉬고 싶은 생각만 들었다. 낮이나 저녁 시간에는 나만의 시간을 갖기 어려웠다.

그래서 가족이 모두 잠든 새벽 시간을 선택했다. 그리고 내 안의 부족함을 채우기 위해 그 시간에 집중해서 독서를 했다. 수업 관련 책을 읽으며 공부를 하기도 했고, 실행력을 높이고 동기부여 해줄 자기계발서를 읽기도 했다. 그리고 소설이나 에세이 등을 읽으며 나와 삶을 돌보려고 애썼다. 그때그때 부족함이 느껴지는 부분을 독서를 통해 채우려고 노력했다.

　우선 책을 읽고 인상 깊은 구절을 독서노트에 필사하고 떠오르는 생각을 정리했다. 그리고 오늘 하루를 어떤 마음으로 보낼지 다짐하고 오늘 해야 하는 가장 중요한 일을 계획했다. 마음이 조급해질수록 독서를 통해 속도를 늦췄다. 늘 시간에 쫓기고 일에 끌려다니며 헐떡이는 내가 시간을 주도하기로 한 것이다.

　책을 읽고 나면 블로그에 서평을 썼는데 기록을 통해 독서 습관을 효과적으로 지속할 수 있었다. 특히 청소년 도서를 읽고 수업에 적용할 수 있는 내용이나 독서 활동을 하고 난 후에 수업일기를 기록했다. 그렇게 독서와 수업을 연계하기 위해 노력하다 보니 어느 날 기회가 찾아왔다. 학교 선생님들께 독서 수업과 관련하여 연수 강의를 하게 되었다. 선생님들께 교과 시간에 활용할 수 있는 독서 수업 방법을 소개하고, 국어 시간에 할 수 있는 독서 활동을 소개했다. 교육청 블로그에 독서 수업 활동을 연재하는 기회도 생겼다. 가끔 블로그를 통해 수업에 도움이 되었다고 감사 인사를 전해오거나 정보가 필요하다며 연락을 해오는 경우가 있었다. 그때마다 누군가에게 도움을 줄 수 있어 기쁘고, 내 일에서 전문성을 하나씩 쌓아가고 인정받고 있다는 느낌이 들어 뿌듯했다. 일에 자신감이 생기면서 수업 시간이 더욱 즐거워졌다. 변화는 일에서만 일어난 것이 아니다.

아파트 입주민들과 동네 독서모임을 5년째하고 있는데 소설《미드나잇 라이브러리》라는 책을 함께 읽고 독서모임을 했을 때의 일이다. 책에서는 지난 삶을 후회하고 살아보지 못한 인생을 부러워하는 주인공 노라 시드가 등장한다. 노라 시드는 삶의 유일한 희망이었던 반려묘까지 죽게 되자 자신도 죽기로 결심한다. 그러나 삶과 죽음 사이에 존재하는 '미드나잇 라이브러리'에서 후회의 책을 만나게 되고 과거의 후회했던 그 순간으로 돌아가 그때와는 다른 선택을 하고 그 선택에 따른 새로운 경험을 하게 된다. 책을 읽고 난 후에 우리는 지금의 인생에 만족하는지, 후회되는 순간으로 돌아가고 싶은지에 대해 이야기를 나누었다.

나는 지금의 삶에 전혀 불만이 없는 것은 아니지만 돌아가고 싶은 후회의 순간은 없었다. 그래서 지금이 제일 좋다고 말하였다. 그때 함께 모임을 하던 언니가 나에게 많이 변한 것 같다고 했다. 우리가 5년 전 독서모임을 하던 초반에 《그리스인 조르바》를 읽었는데 그때 현재의 삶에 충실하고 자유분방하게 살아가는 조르바의 삶에 공감하지 못했다. 그때까지만 해도 나는 과거의 잘못된 선택을 후회하거나 지금의 현실에서 벗어나 도피처로서의 미래를 자주 그래왔다. 그런 내가 요즘은 현재에 집중하고 있다. 현재를 즐기고 있다. 그 변화를 가까이에서 지켜본 사람들은 그 이유가 '독서' 때문인 것 같다고 덧붙였다.

우리는 책을 통해 무언가를 배울 수 있다. 배운다는 것은 어떠한 것을 기대한다는 것이고 그건 '희망'의 다른 이름이다. 미래에 대한 기대와 희망이 있는 사람만이 배우려고 하기 때문이다. 난 책을 읽으면서 하나씩 배우고 작은 것이라도 실천하거나 따라 하려고 노력했다. 그 순간에는 티가 나지 않았지만 그러한 작은 노력이 모여 나도 모르는 사이에 변화를 만들어냈다.

우선 책은 언제나 나를 행동하게 했다. 책을 읽고 미라클 모닝을 시작하고, 책을 읽고 건강에 관심도 생겨 식단 관리나 운동도 시작했다. 독서 수업에 관심을 갖고, 아이들을 지도하면서 일에 대한 사명감과 목표도 생겼다.

요즘에는 책을 통해 글쓰기를 배워가고 있다. 글쓰기를 통해 삶이 변화했다는 사람들의 이야기를 읽으면서 공감을 하기도 하고, 글을 쓰는 데 도움을 받고 있다. 그리고 나도 글을 통해 누군가에게 도움을 주고 싶다는 새로운 꿈도 생겼다. 덕분에 시도하는 것도 많아지고 작은 성취들이 모여 자신감과 자존감이 높아졌다. 새로운 것에 대한 호기심이 많아지니 주변에 재미있는 일도 넘쳐난다. 자연스럽게 웃음이 많아졌고 그러한 변화를 주변에서 먼저 눈치챘다. 늘 반복되는 지루한 일상에서 이 작은 변화가 미치는

읽고 일하며 살아간다

활력과 도전이 인생 전체에 생기를 불어넣어 줬다.

　나의 경우엔 무언가를 알게 되고 실행하는 과정에서 책으로 시작해 책으로 끝나는 경우가 많다. 책은 내가 원하는 삶에 가까이 다가설 수 있도록 방법을 제시하고 갈피를 못 잡아 헤맬 때에는 나침반 역할을 하기도 한다. 덕분에 늘 머무르지 않고 조금씩 앞으로 나아가는 삶을 살 수 있었다. 덕분에 일도 삶도 전부 좋아지고 있다. 책을 한 권 읽는다고 얼마나 달라지고 무슨 큰 변화가 있겠느냐고 하는 사람도 있을 것이다. 그러나 적어도 내가 책을 통해 알게 된 것들을 하나씩 실행에 옮기는 작은 도전과 노력이 모이면 삶의 변화를 충분히 만들어 낼 수 있다고 믿는다.

07

초라함을 성장으로 덮고 감추다

[쓰꾸미]

초라한 상황에 흔들리지 않으려면 읽기를 통해 새로운 가능성을 찾아야 한다.

내 회사 동기 영근이는 4개월 전에 강동에 30평대 아파트를 샀다. 우리는 같은 시기에 입사해서 같은 현장에서 일했고, 결혼 후에도 아내와 보내는 시간보다 더 많은 시간을 함께 지냈다. 비슷한 월급을 받고 비슷한 시간 동안 일했다. 차이점이 있다면, 내가 28살에 결혼을 좀 빨리했다는 것 정도다. 자녀들도 비슷하게 아들, 딸 하나씩이다. 그런데 영근이는 서울 강동에 집을 마련했다. 부러웠다. 나도 출퇴근 시간이 비슷하다는 이유를 찾아 스스로 위로해 보지만, 그 부러움은 쉽게 가라앉지 않는다.

지난 2024년 8월, 포항에 다녀왔다. 내 차는 i30, 13년 된 차로, 이제는 단종된 모델이다. 블랙박스 전선이 문 틈새로 연결되어 있어서 날씨가 너무 춥거나 더우면 문틀의 고무 패킹이 빠지곤 한다. 아이들은 그 패킹이 빠진 것을 보고 불편하다고 구시렁대기 시작한다. 한여름에 장거리 운전을 하면, 뒷좌석에 앉은 아이들이 더워서 에어컨을 더 세게 틀어 달라고 하거나, 휴게소에 들러 음료수를 사달라고 요구한다. 차 안에서의 대화는 때로는 작은 불만으로 가득하다. 선팅도 합법적인 수준으로 했지만, 다른 차들처럼 완전히 가려지지는 않는다. 포항까지 5시간 30분의 장거리 운전할 때, 크루즈 기능이나 자동 주행 기능이 없으니, 미세한 발의 각도를 유지하며 운전해야 한다. 그렇게 목적지에 도착하면 다리 스트레칭은 필수다. 뒷좌석에는 에어컨이 안 나오니, 나와 아내는 긴팔이 필요하고 아들과 딸은 바지에 땀이 찬다. 아이들은 저녁 식사 중에 친구들의 부모님들이 팰리세이드, GV70을 샀다고 부러움을 표현한다. 나는 그 대화를 잠시 다른 쪽으로 돌리기 위해 여행 후 주말, 도서관에 가거나 새벽에 중랑천을 따라 산책하자는 이야기로 대화를 바꿔본다. 그러나 대화가 끝나고 나면, 아내와 단둘이 남아 통장 잔고에 관해 이야기한다. 아내에게 통장 잔액을 물으면 나는 농담처럼, 영이 두 개가 빠진 건 아니냐고 되묻는다.

2024년 5월 8일, 동기들과 함께 동촌 CC에서 골프를 쳤다. 아침 7시 전에 게임을 시작하였고, 회사 동료 4명이 모인 자리라 웃고 떠들면서 즐겼다. 골프가 끝나고 차에 골프채를 실을 때, 친구들의 차를 보니 전부 크고 좋은 차들이었다. 트렁크가 커서 골프채를 넣는 데 시간이 안 걸린다. 트렁크 문이 자동으로 열리고, 골프채를 넣고 문을 버튼으로 닫는다. 그런데 내 차에서는 상황이 달랐다. 좁은 트렁크 때문에 뒷좌석을 일부 접고 겨우 골프채를 넣느라 3분 가까이 씨름한다. 트렁크를 닫고 나면 허리가 아파 스트레칭은 필수였다.

주변을 둘러보니 벤츠, 제네시스, GV80, BMW 같은 차량이 눈에 들어왔다. 골프 점수는 뒤에서 1등 했다. 골프장 근처에서 괜찮은 식당을 검색했다. 거리도 있고 배도 고프니 빨리 이동하자고 회사 동료에게 이야기했다. 돈 앞에서 초라하지 않으려 해도 쉽지 않았다. 특히 나와 비슷한 출발선에 섰다고 여겼던 사람들이 나보다 앞서 나간다는 생각이 들면, 그 초라함이 더 크게 다가왔다. 식당으로 가는 길 내내 운전하면서 왜 이렇게 차이가 나는지에 대해서 생각했다. 그런데 아이들에게 아웃렛에서 옷을 고르자고 제안하고, 외식보다는 건강을 핑계로 집에서 밥을 먹자고 이야기하던 내 모습. 샤워할 때는 수도꼭지를 전부 열지 않고 일부만 열고 샤워하던 내 모습. 그리고 한겨울이나 여름이나 나와 한 몸이 되어준 안다르의 기능성 바지가 생각났다. 이런 생각을 털어버리기 위해서 자동차 페달에 힘을 더 줬다.

초라함을 떨쳐내기 위해 내가 사용하는 방법이 있다. 그것은 바로 가능성을 찾는 것이다. 눈에 보일 정도로 선명한 가능성이 아니라, 먼지처럼 쉽게 날아갈 가능성과 작은 실천으로 이어지는 순간, 초라함이 거짓말처럼 줄어들었다. 그 작은 실천에 집중하느라 그렇게 며칠 동안 끙끙거리던 초라함을 덮을 수 있었다. 그 가벼운 가능성을 발견하는 방법이 바로 책 읽기다.

2024년 초, 《퓨처셀프》라는 책을 읽고 꿈을 글로 썼다. 꿈은 경제적 자유를 이루는 것이다. 그 꿈의 가능성을 찾기 위해 책을 다

읽고 일하며 살아간다

시 읽기 시작했다. 《세이노의 가르침》, 《돈의 속성》, 《부자의 언어》 같은 책을 읽으면서, 나도 꾸준히 노력하면 부자가 될 수 있다는 가능성을 찾았다. 이 책들은 하나같이 강조한다. 수입, 지출, 저축, 투자. 이 네 가지를 잘 관리하면 누구나 부자가 될 수 있다고. 물론 그 관리가 쉽지는 않지만, 실천을 꾸준히 이어가면 가능하다고 희망을 전하고 있다. 책에서 등장하는 사람들은 자수성가한 부자 이야기라서 더 큰 가능성을 보게 된다. 그리고 부자의 첫걸음인 수입과 지출에 대해서 고민하고 가능성을 찾아서 실천을 다시 시작한다. 수입의 다변화를 찾고, 불필요한 지출을 경계한다. 저축할 때는 늘 불편하지만, 힘들 때 그 무엇보다 일상의 든든함을 선물한다는 것도 안다. 그리고 그렇게 만들어진 나의 잉여금으로 투자라는 씨앗을 뿌려 수입의 다변화를 노려본다. 오늘도 나는 가능성을 찾기 위해 열심히 읽는다.

업무상 마주하는 초라함은 단순히 경제적인 격차가 아닌, 문화적 차이에서 비롯되곤 한다. 작년 호주 고객과의 저녁 식사 자리에서 나는 이런 격차를 느꼈다. 호주의 와인 산지인 바로사 밸리와 헌터 밸리에 대한 이야기가 오갔지만, 나는 와인을 '맛있다, 향이 좋다' 정도의 표현밖에 할 수 없었다. 멜버른의 유명 레스토랑과 그레이트 오션로드 여행 이야기가 이어졌지만, 나는 고개만 끄덕일 뿐이었다. 다행히 동료가 대화를 이어갔지만, 2시간의 저녁 식사는 마치 4시간처럼 느껴졌다.

업무 미팅에서는 'performance test', 'mechanical completion', 'commissioning' 같은 전문 용어를 자유롭게 구사했지만, 일상적인 대화는 'How was your vacation?', 'Did you have a good rest?' 정도의 단순한 표현에 그쳤다. 편안한 네트워킹의 자리를 딱딱한 업무의 연장선으로 만들어버린 것이다. 이런 상황에서 느낀 초라함은 결국 내 준비 부족에서 비롯되었음을 인정할 수밖에 없었다.

이제는 해외 고객과의 만남 전에 상대방의 배경을 LinkedIn으로 미리 파악하고, 대화 주제를 3가지 이상 준비한다. 특히 2024년 11월 베트남 출장을 앞두고 하노이의 역사적 건축물과 베트남 커피 문화를 공부하고 있다. 또한 일상 영어 회화를 위해 매일 아침 출근길에 《김재우의 영어회화 100》을 듣고, 주말에는 《영어독립 VOCA 3000》을 하고 있다. 그리고 말하기는 챗GPT를 이용해서 연습도 하고 있다.

이러한 노력은 단순히 초라함을 감추기 위해서가 아니라, 진정한 의미의 글로벌 플랜트 전문가로 성장하기 위함이다. 매일 10분이라도 읽는 책을 통해 세상을 보는 눈이 넓어지고, 다양한 주제로 대화를 이어갈 수 있는 자신감이 생겼다. 문화라는 것은 자주 접촉할수록 친숙해진다는 것을 안다. 그래서 구글 《Arts & Culture》를 자주 접속해서 본다.

이제는 알겠다. 책 읽기란, 단순한 지식 습득이 아닌 세상과 소통하는 창이며 더 넓은 세상으로 나아가는 즐거운 여정이라는 것

읽고 일하며 살아간다

을. 매일 아침 책을 읽으며 커피를 마시는 시간이, 이제는 나를 성장시키는 행복한 순간이 되었다. 나에게 책 읽기가 중요한 이유는 내 부족함을 채우며 스스로 성장하게 해 주기 때문이다.

08

읽는 게 제일 좋아! 친구들 모여라

[유혜경]

'知之者는 不如好之者요, 好之者는 不如之者'니라.

지지자는 불여 호 지자요, 호 지자는 불 여락 지자니라.

- 《논어(語)》中 옹야편(雍也篇)

　위 문장은 「알기만 하는 사람은 좋아하는 사람만 못하고, 좋아
하는 사람은 즐기는 사람보다 못하다」라는 유명한 구절이다. 공자
는 배우는 자를 '아는 자, 좋아하는 자, 즐기는 자' 이렇게 세 부류
로 나누었다. 배움에 있어 아는 것과 좋아하는 것, 즐기는 것은
어떻게 다른가? 이는 배움의 단계를 보여주는 말이다. 즉 배움의
시작 단계는 아는 것이 생겨 분별이 생기는 단계이고, 두 번째는
배움이 어느 정도 진행되어 가며 학습을 좋아하는 단계, 마지막으
로 배움의 절정은 학습을 즐기는 단계이다. 이것을 독서에 적용해
보면 나는 독서에 있어 어느 단계에 와 있는지 알 수 있다. 1단계
는 독서를 지식의 습득이라고 생각하는 자들이다. 이들은 어깨에
힘이 많이 들어가 있다. 지식으로 자신을 무장한 대단한 사람이
되고자 하니 눈에 보이는 형식을 중요하게 생각하고 그 틀을 벗어

나기 힘들다. 배움도 책이나 정보를 학습하여 머릿속에 집어넣는 일에 한정 짓는다. 그러므로 과정에서 오는 즐거움을 얻지 못한다. 나의 1단계는 중학교 시절이다. 나는 공부를 하기 시작하면서 독서를 접하게 되었다. 좋은 성적을 얻고 싶었고, 책은 나에게 성과를 가져다주는 수단이었다. 따라서 운동선수가 체급을 높이려 몸을 불리듯 게걸스럽게 독서를 하였다. '벌크업'하고 싶은 마음이 가득했다. 실제로 책을 읽는 시간이 곧 나의 성적으로 연결되었고 그로 인해 나에게 실질적인 도움이 되는 독서 말고는 크게 관심이 없었다. 주로 학습서였다. 한마디로 '고도성장'. 나는 대한민국이 '국토개발 5개년 사업'을 추진하듯 독서했다. 그렇지만 그때까지는 독서가 마냥 좋지 않았다. 단지 독서를 나를 위한 수단으로 이용하고 싶었다.

독서에 있어 2단계는 독서를 좋아하는 자들이다. 하지만 여전히 겉으로만 즐기는 단계에 머물러 있다. 이들은 독서를 좋아하기는 하지만 그 정수까지 닿지는 못한 사람들이다. 아는 자들보다는 낫지만 즐기는 자보다는 못하다. 좋아하는 자들은 독서에 있어 좋아하는 분야가 한정되어 있다. 좋아하는 분야에 독서의 영역이 한성되어 있고 시각의 유연함이나 시야의 포용성이 떨어진다. 나의 2단계는 고등학교 시절이었다. 고등학교 1학년이 된 나는 영어를 잘하고 좋아하는 여학생이 되어 있었다. 무엇이든 영어로 된 것이면 닥치는 대로 읽었다. 그것이 싸구려 잡지든 영영 사전이든. 독서도 인문학에 한정되어 있었다. 헤르만 헤세의 《데미안》, 전여옥의 《일본은 없다》, 한비야의 《걸어서 지구 세 바퀴 반》, 강인선의 《힐러리처럼 일하고 콘디처럼 승리하라》 등이 당시에 읽은 책들이다. 그리고 심리학과 철학에도 관심이 생겨 에리히 프롬의 《사랑의 기술》, 요슈타인 가아터의 《소피의 세계》, 베르나르 베르베르의 소설 《개미》, 《타나토노트》 등을 읽었다. 고3 즈음에는 하루키에게 빠져 있었다. 학교 영어 수업 시간에 몰래 '슬픈 외국어'라는 에세이를 책상 밑에 숨겨서 읽다가 선생님께 들켰다. 선생님은 나를 교실 앞으로 불러 나를 수업에 집중하지 않는 '슬픈 여고생'이라면 면박을 주셨다. 그래도 마냥 책이 좋았다. 하지만 책이 나를 일으켜 세울 만큼 그것이 내 삶을 파고든 정도는 아니었다.

마지막으로 즐기는 자는 이들은 욕심이 없다. 넉넉한 지성을 바탕으로 유연성을 지녔다. 세상을 바라보는 태도다. 좋은 것과 나쁜 것이 섞여 있는 세상이라는 것을 알기 때문이다. 셰익스피어는 이렇게 말했다. '어리석은 이가 쾌락에 빠져 있을 때 막 모퉁이를 돌아 나에게 다가오고 있는 불행은 언제 나타날지 기회를 엿보고 있다.' 배움은 단지 지식을 익히는 것이나 학문을 연구하는 것이 아니다. 자신을 성찰하고 주변을 탐색하고 인생을 궁구하며 찬찬한 지혜를 터득하는 과정이다. 나는 감히 지금 세 번째 단계에 와 있다고 말하고 싶다. 첫 번째로 독서와 함께 이제 읽고 쓰는 것은 나의 당연한 일상이기 때문이다. 두 번째로 책을 읽는 분야가 다양하기 때문이다. 교사로서의 삶도 나에게 큰 영향을 주었다. 초등교사는 교과 12과목을 저글링 하듯 강의한다. 나의 것이 되지 않으면 할 수 없는 것이 수업이다. 다양한 지식의 영역에 가랑비를 맞듯 노출되었다. 이제는 그렇게 준비된 땅에 '쓰기'라는 씨를 뿌리고 있다. 아침은 우편함에 꽂혀 있는 조간신문을 꺼내는 것으로 시작하고 출근해서는 자리에 앉아 아침 시간에 학생들과 함께 글을 쓴다. 아침 시간 짧은 20분이지만 모두가 숨죽여 집중한다. 1교시에서 6교시까지 스물 네 명의 학생과 북적대며 일과를 바쁘게 보낸 후 오후 2시 반 아이들이 떠난 교실에서는 다음날 수업을 준비한다. 교과서 토막글들과 아이들과 보낸 일상은 나에게 영감이 되어 퇴근 전 잠깐의 글쓰기로 이어진다. 퇴근 후 저녁 준비가 끝나면 교육청 온라인 강의를 위해 해리포터 원서를 꺼내 든다. 수업을 준비하는 과정이지만 나도 작품에 푹 빠져든다. 밤 10시가 되어 강의가 끝난다. 잠시 숨을 돌리고 노트북을 열어 세상에 나올 책의 원고를 열어서 쓰기 시작한다. 자기 전에는 유튜브 '책을 읽어주는 채널'을 켜고 자작나무 아저씨의 목소리를 자장가 삼아 잠이 든다. 그렇게 읽기와 쓰기가 잘 버무려진 하루는 끝난다.

현대인은 바쁘다. 어떻게 시간을 내어 책을 읽고 글을 쓰냐고 물음을 던질 수도 있다. 하지만 나의 일상에 읽고 쓰는 시간을 작은 씨앗처럼 심는 것은 생각보다 어렵지 않다. 읽고 쓰는 삶은 내 삶에 부담을 주는 더하기가 아닌 그것을 부드럽게 움직이는 축이 된다. 스티브 잡스는 다음과 2005년도 스탠퍼드 강연에서 다음과 같이 말했다. '지금 당신은 점들을 연결할 수는 없습니다. 단지 과거로 되돌아보았을 때 그것들을 연결할 수 있죠. 그러니까 지금의 점들이 당신의 미래에 어떤 식으로든지 연결된다는 것을 믿어야 합니다.' 스티브 잡스의 말처럼 우리는 모두 일상에 점을 찍는 듯 이런저런 일들을 하며 살고 있다. 나는 내 삶에 읽기와 쓰기로 점들을 찍고 있다. 그 점들을 이어 아름다운 그림이 되는 날이 머지않았다고 믿는다.

09

책을 통해 업그레이드된 나의 인생

[윤보라]

　성공하고 싶으면 책을 읽어라! 성공한 많은 독서가들이 줄곧 하는 말이다. 독서를 해야 성공할 수 있다고 반복해서 말한다. '글을 읽는다고 뭐가 달라지겠어?' 라고 생각을 했었다. 글을 읽는 것 자체가 버거웠던 나는 상상조차 못 했던 일이었다. 지나고 보니 아이를 키우면서 길러진 나의 독서력은 생각보다 높은 수준까지 올라왔고 육아서를 읽고 실천하는 과정에서 '하니까 되네!'라는 생각을 갖게 해 주었다.

　수면에 어려움을 겪는 예민한 아이들 때문에 읽었던 《베이비위스퍼》에서는 아이의 잠의 패턴 및 성장 패턴에 따른 변화에 대해 알려주었다. 그래서 '아, 지금 이 시기가 아이에게 힘든 시기구나!' 하면서 나의 마음을 다스리고 아이를 대하니 아이의 패턴이 눈에 좀 보이기 시작했다. 예민한 아이를 키우는 니에게 《베이비위스퍼》는 혁명과도 같은 책이었다. 그래서 나의 마음이 편해지니 아이들 대하는 나의 행동과 태도가 달라졌다. 그리고 아이가 성장함에 따라 다른 문제도 생겼다. 그래서 읽게 된 책이 《내 아이를 위한 감정코칭》이었다. 이 책을 읽었을 때 우리 엄마도 나에게 이런 것들을 해주었으면 내가 살면서 감정으로 일어나는 일들을 잘 해결할 수 있었을 텐데 하며 잠시 자기연민에 빠지기도 했다. 하지만 엄마라는 이름의 책임과 사명이 주어졌으니 책을 보며 열심히 책대로 실천해 보았다. "너 동생한테 그러면 안 돼!!", "너 왜 그러는 거야?"라는 말 대신 "동생이 네 물건을 만져서 속상했구나! 하지만 동생을 때리는 건 안 되는 행동이야!"라고 해주며 둘째가 태어난 스트레스를 받고 있던 첫째 아이의 마음 읽어주기를 하게 된 것이다. 성장에 따라 아이들의 감정의 깊이가 다름을 알게 되었고 감정은 배우는 것이라는 것을 이 책을 보고 알게 되었다. 그래서 셋째를 출산한 후에는 태어난 순간부터 일어나는 모든 것들의 감정을 알려주었다. 배고파서 울면 '배가 고파서 울었구나!', 기저귀가 척척하면 '쉬야를 해 꿉꿉했구나!', 깔깔대고 웃으면 '기분이 좋구나!' 이렇게 하나하나 감정에 대해 듣고 자란 막내아들은 자기표현의 달인이다. 남자아이임에도 불구하고 제 나이가 믿기지 않을 정도로 감정표현을 잘한다.

다들 '책대로 해서 되면 다 하지 왜 안 하겠냐'라고 말한다. 나도 처음에 그렇게 생각했기 때문에 그 말의 의미가 뭔지를 알 것 같다. 사람들은 알지만 실천할 마음이 없기 때문에 또는 게을러서 또는 자기 합리화하는 핑계를 찾아 실천하는 사람에게 상처 주는 말을 하고 있다고 생각한다. 책대로 한다고 다 되는 것은 아니다. 상황에 따른 변수가 있기 때문에 안 될 수도 있다. 하지만 빈번한 실패를 통해 성공을 찾아가는 과정이라고 생각한다. 한 번 해보고 안 된다고 할 것이 아니라 할 때까지 해보고 그 과정에서 스스로 피드백 할 줄 알아야 한다. 책을 읽으며 나에게 필요한 것들을 수정과 보완을 해서 나의 것으로 만드는 것이 책의 힘이다. 책을 통해 나의 행동에 대한 메타인지를 하고, 셀프 피드백의 과정을 거치며 성장하는 것이다. 독서는 그냥 단순히 글을 읽는 행위가 아니다. 읽으면서 끊임없이 복잡한 사고의 과정을 통해 뇌를 발달시켜 주고, 더 나은 삶으로 성장할 수 있게 도와주는 매우 중요한 일 중 하나다.

약 8년 전 부산에 있는 용궁사에 가게 되었다. 용궁사 가는 길 비석에 쓰인 문구가 나의 시선을 붙잡았다. '내가 이 세상에 올 때는 어느 곳으로부터 왔으며 죽어서는 어느 곳으로 가는고! 재산도 벼슬도 모두 놓아두고 오직 지은 업을 따라갈 뿐이네.' 법구경의 한 구절이 있었다. '지은 업을 따라간다.'라는 그 구절이 왜인지도 모르게 그 당시 나에게 굉장히 임팩트 있게 다가왔다. 내가 지나온 발자국 하나하나가 시간이 지나면 나에게 꾹꾹 밟혀 오는 것임을 주어진 환경 속에서 느낀 것이 많았다. 책을 읽으면서 내가 지나온 발자국이 내 업이 되지 않게 잘 살아가는 방법들을 꾸준히 찾았다. 내가 지금의 일을 찾는 그 순간까지도 그리고 지금의 나의 자리에서도 책은 나에게 삶의 중심을 잡게 해주는 가장 중요한 역할을 해주었다. 육아서에서 시작한 나의 독서는 인생의 법과 이치를 아는 책에 이르기까지 다양한 영역의 간접적인 경험을 톡톡히 해주고 있다.

나는 3년 전에 큰일을 겪었다. 부모보다 더 오래 같이 살았던 남편과의 이별이었다. 갑작스러운 남편과의 이별은 어려운 일이었다. 삶을 내려놓고 싶을 정도로 엄청난 아픔이었다. 남편과의 이별의 상처가 다 아물기도 전에 친정 엄마와도 이별을 했다. 한 번 겪어내기에도 버거운 일이 순식간에 몰아쳤다. 나는 자기연민에서 헤어 나오지 못하고 있었다. 내가 무슨 죄를 지었나? 내가 왜 이런 벌을 받아야 하지? 왜 나에겐 이런 일들이 계속 일어나지? 삶이 너무 버거워지니 의욕조차 없었다. 하지만 아직 기저귀도 떼지 못한 네 살 막내가 눈에 밟혔다. "엄마 똥 쌌어!!" 라는 말에 나는 힘을 내어 움직이기 시작했다. "엄마 배고파."라는 말에 두 발, 세 발, 네 발 그렇게 나는 움직이고 있었다.

그렇게 움직이다 보니 문득 이런 생각이 들었다. '나는 이렇게 힘든데 세상은 너무 잘 돌아가고 있고. 나는 지금 죽을 같고 움직일 힘조차 없는데 아이들의 시계는 속절없이 흘러가고 있네. 내가 힘들다고 세상이 나를 기다려주지 않는구나 움직여야겠다!'고 생각하게 되었다. 내가 잠시 멈춘다고 해서 이 세상이 나의 고통과 아픔이 다 지나갈 때까지 기다려 주지 않는다는 것을 깨닫고 움직이기 시작했다. 되돌아보니 그동안 내가 읽었던 책들이 나의 소중한 지적 재산이 되어 나에게 큰 깨달음을 주고 내가 이 고통에서 벗어날 수 있는 힘을 준 것 같다. 좋아하는 단어가 있다. "그럼에도 불구하고." 그럼에도 불구하고 나아갈 것인가? 퇴보할 것인가? 퇴보하지 않으려면 일단 나아가야 한다. 지금까지 내가 책으

읽고 일하며 살아간다

로 축적해 온 지식과 지혜를 통해 나아갈 용기를 얻었다. 삶을 포기하고 싶은 그 시점에 나는 다시 책을 펼쳐 읽기 시작했다. 내가 해야 하는 것들의 이유와 근거를 찾아 끊임없이 독서를 했고, 나의 성공을 위해서도 끊임없이 독서를 했다. 그리고 그 독서는 내가 행동 할 수 있게 용기를 주었다.

지금 사는 집으로 이사 온 지 2년 되었다. 어찌나 짐이 많았는지 하루 만에 짐을 다 옮길 수도 없었다. 이사 계약을 했는데 이사업체가 짐의 양을 보고 도망가는 일도 일어났다. 어쩔 수 없이 급하게 트럭을 불러 책부터 이사할 집으로 날랐다. 책을 옮기는데에만 하루가 꼬박 걸렸다. 그 후 다시 이사업체를 찾아서 남은 짐을 옮기고 정리하다 보니 짐이 너무 많아 이 집이 터질 것 같았다. 15년간 모아온 짐들을 버린다고 버렸는데도 남은 짐이 아직 많았다. 정리업체가 와서 집을 보더니 오래 묵어 있어도 쓰지 않을 물건들은 분류해서 버리자고 제안했다. 업체의 제안에 약 2톤의 짐들을 버리게 되었다. 이사가 마무리된 후 정리된 집에 앉아 아직 정리되지 못한 것들을 바라보며 '무엇을 위해 이렇게 아등바등 살았을까?'라는 생각에 감정이 요동쳤다. 자책과 자괴감, 무기력 그리고 자기연민으로 마음이 너무 힘들었다. 결국 내가 다시 꺼내 든 것은 책이었다. 책을 읽으며 마음의 평정심을 찾았다. 책은 나에게 누구보다도 따뜻한 스승이다.

어제보다 더 나은 오늘을 위해 내 삶을 업그레이드 해줄 한 줄, 한 문장을 찾기 위해 오늘도 내 가방엔 책 한 권과 색연필 한 자루가 있다. 매일 책과 함께 하루를 보낸다. 언제고 또 버라이어티한 일이 일어나겠지만 나에게 책이 있기에 그리고 그 책의 힘을 아는 나라서 오늘도 책을 읽는다.

10

눈에 보이면 멈출 수 없다

[정교윤]

"선생님, 평소에 뭐 하신 거예요! 왜 우리 애가 같은 일로 하루 종일 혼만 나야 하나요?"

전화를 받자마자 화가나 소리 지르는 예빈이 엄마의 목소리를 들었다. 6학급 시골 작은 학교에서 2학년 담임 때의 일이다. 8명 밖에 안 되는 아이들을 살뜰히 살피며 가족처럼 지내고 있었다. 여기서 여학생은 달랑 예빈이와 소희 둘뿐이었다. 예빈이 엄마는 나에게 늘 상냥했다. 하루 종일 일로 바빠 예빈이를 잘 돌보지 못했기에 담임을 더 믿고 있었다. 예빈이는 활달한 성격이었고 소희는 완전 반대로 조용하고 소심했다. 둘의 집은 가까이 있었고 부모들이 모두 바빠 늘 자매처럼 지냈다. 하지만 둘은 성격이 너무 달랐기에 항상 부딪혔다. 이 둘의 관계는 작은 학교에서 모르는 사람이 없었다. 전교생이 45명밖에 되지 않았다. 선생님들도 교무실에 모이면 반에 있었던 시시콜콜한 일들까지도 공유하곤 했다.

어느 날 예빈이는 소희에게 '절교하자.'라는 쪽지는 건넸다. 소희는 울음을 터트렸고 결국 학교 선생님들도 알게 되었다. 복도를 지나가다가 예빈이를 만나는 선생님마다 한마디씩을 한 것이다. 예빈이는 집에 가서 선생님들에게 혼이 여러 번 나서 기분이 나빴다고 엄마에게 말했던 모양이다. 담임인 나는 절교하자는 쪽지를 전한 건 알고 있었지만, 여러 번 혼이 난 것은 몰랐던 일이었다. 알았더라도 다른 반 선생님들이 예빈이와 소희를 생각하는 마음에서 건넨 말임을 알기에 그냥 넘어갔을 것이다. 이것이 문제라고 생각하지도 않았기에 예빈이 엄마의 전화는 예상치 못했던 일이었다. 그렇게 상냥했던 예빈이 엄마는 한순간에 다른 사람이 되어 있었다. 자식이 선생님들에게 여러 번 혼이 난 것을 생각하면 안쓰럽고 속상한 마음이 들었을 것 같았다. 이것을 사전에 막지 못한 담임 선생님에게 원망이 간 것이다. 평소에 친구와 절교하자는 말을 해서는 안 된다는 것을 가르쳐야 했나, 그것까지도 내가 가르쳐야 했나, 하는 후회와 답답함이 밀려들어 왔다. 욕을 반쯤 섞어 말하는 예빈이 엄마에게 아무 말도 하지 못했다. 욕을 단 한 번도 입 밖으로 꺼내 본 적이 없는 나는 전화를 끊고도 한참 동안 진정이 되지 않았다. 눈물은 나중에 터졌고 아무 일도 손에 잡히지 않았다.

예빈이 엄마에게 상황을 파악해 보고 다시 전화를 드려야 하는 상황이 되었다. 비상 대책을 세워야 하는 시점이다. 학부모 상담 관련 책과 공무원 민원 응대 요령에 대해서도 찾아보았다. 누가 만들었는지 참 친절하게도 쓰여 있었다. 이 말을 그대로 했다가는 오히려 욕을 더 얻어먹을지도 모른다는 생각이 들었다. 지금까지 학부모들과의 친근한 대화를 이어오던 내가 갑자기 '친절함'으로만 뭉쳐진 민원 전담 직원 같았다. 내 속에서 나온 말이 아니기에 어색했다. 나는 내가 가장 잘할 수 있는 말로 바꾸어 시나리오를 만들었다. 책에 있는 그대로를 베껴 두거나 그때만 그 부분을 보고 활용했으면 다음에는 또 다른 상담 책을 꺼내 들고 다시 공부해야 할지도 모른다. 시작하는 말, 본론, 마무리에 하는 말로 나누어 만든 시나리오는 그럴싸했다. 눈에 보이는 시나리오를 만들고 나니 두려움은 사라졌다.

예빈이 엄마도 나도 시간이 필요했기에 다음 날 오후에 전화를 걸어 어제 만든 시나리오를 보며 말씀드렸다. 예빈이 엄마도 화낸 것이 미안했는지 갑자기 어제의 목소리는 온데간데없고 나에게 오히려 죄송하다 하셨다. 통화는 쉽게 마무리되었지만, 어제부터 시작된 나의 긴장은 쉽사리 풀리지 않았다. 다시는 이런 전화를 받고 싶지는 않다는 마음이 들었지만, 이 일을 20년 더 하면서 없으란 법은 없다. 하지만 나만의 시나리오가 떡하니 버티고 있다. 언제든지 수정 보안 가능하여 더 탄탄히 만들 수 있으니 난 걱정하지 않는다. 두려웠던 일은 나를 더 강력하게 만들었다.

닥친 문제와 그 문제를 해결하기 위한 독서, 나만의 매뉴얼을 만드는 아날로그 단권화 정리, 이 세 가지가 한 호흡으로 간다. 성긴

제4장. 읽기 시작했더니 일도 삶도 좋아지는 중

그물로 빠져나가지 않게 잡아두고 내 스타일대로 조리해 놓으면 20년 써먹을 수 있다. 블로그나 온라인으로 정리해 둔 것은 어디에 무엇이 있는지 떠올리기 어렵다. 내가 직접 정리한 이 바인더는 펼치면 바로 보이는 것이다. 두께가 늘어갈수록 더 든든하다.

단권화는 물고기들이 빠져나가지 못하게 촘촘한 그물의 역할을 해 준다. 책은 바다처럼 많은 생명과 아름다움을 가지고 있다. 이 바다를 항해하면서 내 삶의 필요한 것들을 직접 선택하여 그물로 낚아 올린다. 불필요한 것들은 바다로 다시 던져 버리고 나에게 필요한 것은 저장 창고 안에 내 입맛대로 소금에 절이기도 한다. 깨끗하게 다듬기도 하며 언제든 꺼내 먹을 수 있게 차곡히 저장해 둔다. 바다를 항해하면서 저장고를 한 번씩 살펴본다. 질려서 더 이상 먹고 싶지 않은 것은 버리고 이미 저장한 것을 다시 정리해 보자. 내가 만든 세상에 단 하나뿐인 저장고인데 이곳을 채워 넣는 일이라면 신이 난다. 나는 내 저장고 속에 들어 있는 물고기들의 종류와 위치를 훤히 알고 있다. 꺼내고 싶을 때는 빠르게 꺼내 사용한다. 책을 바다처럼 항해하면서 나만의 저장고를 가지고 있으니 이 얼마나 든든하겠나.

나는 지난 10여 년 동안 교직 생활을 하면서 성장해 왔다. 처음에는 학생과 학부모에게 인정받기 위해 온갖 애를 썼다. 누구는 열정이라 표현하고 누구는 '뭣 하러'라는 소리를 한다. 이유야 어떻든 결국 이게 내가 살아가는 방식이기에 그 열정은 단권화와 나만의 독서법으로 발전시키게 되었다. 처음에는 두려움 극복과 철저하게 문제를 해결하기 위함이었다. 하면 할수록 이 모든 것은 내가 아이들을 가르치는 일에 더 몰두하기 위함이라는 생각이 든다. 아이들에게 오롯이 집중하기 위해서는 다른 문제들이 발생하지 말아야 하며 문제가 생기더라도 현명하고 빠르게 대처해야 했다. 나는 이렇게 참된 교사가 되어가고 있다. 나의 성장과 더불어 눈에 띄게 변하고 성장한 아이들이 있기에 나는 열정을 쏟아부을 수밖에 없다.

읽고 쓰고 정리했더니 어떤 문제가 닥쳐도 내가 공부하고 정리한 매뉴얼대로 실행한다. 일을 성공적으로 해내기 위한 이 독서와 정리가 하루를 살아내는 힘이 되었다. 흔들릴 때마다 꺼내는 내 바인더는 책이라는 세상의 모든 지식이 있는 곳에서 찾은 나만의 방법이다. 책을 보며 정리하고 삶에 적용하고 고쳐나간다. 이렇게 쌓인 나만의 매뉴얼을 보고 있으면 멈출 수 없다. 또 채워나가고 싶어진다.

제4장. 읽기 시작했더니 일도 삶도 좋아지는 중

마치는 글

강혜진

감히 책 읽으며 산다고 말할 자격이 있는 사람인가 자문해 본다. 대답하기 부끄럽다. 살다 보니 제대로 살고 싶은 욕심이 나서 늦게나마 책을 다시 펼치게 되었다. 어리석은 나의 두드림에도 책은 늘 현명하고 지혜로운 해답을 내어놓는다. 오늘 읽은 책을 다시 꺼내 읽게 되었을 때, 오늘과는 다른 울림을 얻을지 모른다는 기대에 책장 속 빛바랜 책을 누구에게 줘 버리지도 못하고 자주 먼지를 닦곤 한다. 그 울림이 딱 부러지게 일 잘하며 멋지게 인생 잘 살아가는 나를 만들어줄 거라는 기대를 품고 말이다.

김나라

세 번째 공저에 참여합니다. 이번 공저는 그동안 이어온 독서의 일상을 되돌아볼 수 있어 뜻깊습니다. 읽고 쓰며 살아가야 할 명확한 이유를 되짚는 시간이었습니다. 공저에 참여할 때마다 하나의 주제에 몰입할 수 있는 기회가 주어집니다. 경험을 돌아보며, 살아갈 삶의 지혜를 채울 수 있어 감사합니다. 마지막으로 이 공저 기간 함께한 뱃속 아가에게도 고마움을 표합니다.

김선호

처음으로 힘차게 뛰는 심장 소리를 들었던 그 순간, 첫발을 내디뎌 걸음마를 시작한 그 순간, 앵두같이 작은 입술로 "아빠!"라고 불러주었던 그 순간, 아이와 함께하는 매 순간이 잊을 수 없는 추억입니다. 소중한 아이에게 '좋은 아빠'가 되고 싶었습니다. 그러나 초보 아빠는 모든 것이 어색하고 서툴기만 합니다. 그래서 저는 '좋은 아빠'가 되기 위해 더 많이 생각하고, 많이 읽고, 아내와 많이 대화 나누고 있습니다. 퇴근이 없는 육아 가운데 마주치는 많은 문제를 독서를 통해 해결한 초보 아빠의 이야기가 지금부터 시작됩니다.

김효정

초짜 교사였던 내가 이제는 초짜 작가가 되어 글을 썼다. 글을 쓰는 내내 글 앞에서 부끄러움과 마주했다. 단어와 문장을 포함한 글의 수준 때문에 그러했고, '책에 대해 표현한 만큼 책을 사랑하는가' 반성이 되어 그러했다. 결과는 바라면서 과정을 고려하지 않는 고질병과 같은 삶의 습관이 다시 떠올랐다. 재를 털어야 숯불이 빛난다는 말과 같이 글을 쓰고 다시 고쳐 쓰는 내내 재를 털어버리듯 글은 나를 반성하게 했다. 그래서 부끄러웠지만 고마웠다.

라오쯔

생각을 말하는 것을 어려워했다. 누군가에겐 상처가 될까 두렵기 때문이다. 원고를 쓰며 생각이 글로 표현되는 일이 몇 배는 더 어렵다는 사실을 깨달았다. 기록되고 남기 때문이다. 개미의 허리에 실을 묶어 꿀을 바른 마주 편 구멍을 찾아가게 하듯, 미완성의 생각을 슬기롭게 완성하고 싶었다. 바람대로 완성된 글은 아니다. 그저, 개인마다 느끼는 현실의 어려움을 글로, 책으로 공유하고 위로받기를 바란다.

박영희

책을 쓰게 된다면 그 첫 번째 주제는 독서와 관련된 것이리라 생각했다. 독서에 대해 일가견이 있다거나 남들보다 뛰어나서가 아니다. 살면서 가장 열심히 한 일이고, 또 내 삶에 많은 영향을 준 일이기 때문이다. 특별하진 않아도 나만이 할 수 있는 이야기가 있으리라 생각하고 공저에 참여했다.

인생의 힘든 시기마다 그 시간을 함께 견뎌줄 책을 만난 건 참 다행이었다. 책을 읽으면서 위로받고 또다시 도전할 용기를 얻곤 했다. 그렇게 조금씩 변화한 나의 이야기를 통해 누군가도 위로를 얻고 용기를 냈으면 좋겠다는 마음으로 글을 썼다. 이 책을 읽는 독자들의 일과 삶도 조금씩 나아지길 응원한다.

쓰꾸미

문제는 항상 마주하는 것 같다. 직장에서는 경영 환경의 변화에 따른 새로운 기술을 배워야 하고, 가족들과는 아이들과 아내가 성장함에 따라 그에 맞는 언어와 관계를 유지해야 한다. 친구들과는 부족한 시간을 쪼개서 느슨한 관계를 유지하는 법을 고민한다. 이러한 문제점이 생겼을 때마다 책을 뒤적거리며 해결 방안을 찾는다. 나를 성장시키기 위해 찾은 좋은 독서법은 같은 책을 여러 번 느리게 읽는 것이었다. 내가 작가로서, 글을 써 보니 책 속 글과 여백조차 각각 의미를 부여해 가며 쓸 수밖에 없었기 때문이다.

유혜경

마지막 퇴고라는 말을 갖다 붙여도 되는지 모를 만큼 아직도 미흡한 저의 글을 보는 것이 괴롭습니다. 다듬어진 저의 글은 부족하게만 보이니까요. 하지만 이렇게 저의 첫 공저 책이 세상 밖으로 나온다는 사실은 벅찬 감동을 줍니

읽고 일하며 살아간다

다. 독서법에 관해 쓰며 저의 독서 습관과 글쓰기에 대한 애정을 다시 되돌아보게 되어 감사한 마음입니다. 각자의 색을 입은 독서에 관한 다양한 글들이 실린 이 책이 많은 사랑을 받으면 좋겠습니다.

윤보라

나를 무엇이라 설명할 수 있을까? 욕심 많은 욕망 아줌마!! 어려서는 그 욕심이 너무 부담스러웠다. 내 능력에 비해 과한 욕심을 부려 나 스스로를 힘들게 했다. 그런데 지금 와서 돌이켜보니 그 욕심 덕분에 내가 성장 할 수 있었다. 뭐든 잘하고 싶었고, 누구보다 잘 살고 싶었던 어린 나는 그 욕심 덕분에 남들보다 더 많은 호기심을 갖고, 더 많은 세상을 탐구하며 남들보다 조금 많은 책을 읽었다. 그리고 내가 가진 것들을 조금씩 나눠보고자 글쓰기를 통해 세상에 한 발 내딛고 있는 육아 15년 차 세 남매의 엄마로 사는 워킹맘이다.

정교윤

책과는 거리가 멀었던 인생이었습니다. 일하면서 기댈 곳은 책밖에 없었습니다. 그래서 책을 보기 시작했습니다. 책장에 꽂혀 있는 책은 저에게 든든한 멘토가 되었습니다. 그 책장을 하나씩 채워 갈 때마다 저희 빈 곳을 채우고 있습니다. 어려움에 닥칠 때마다 펼쳐 봅니다. 이제는 두렵지 않습니다. 독서가 흔들리는 제 인생을 잔잔하게 만들어 주었습니다. 유명한 책, 인기 있는 책이 중요한 것이 아닙니다. 내가 지금 읽는 이 책에 나온 문장 하나가 나를 일으킵니다.